21세기 대학생을 위한 漢字와 漢文

•• 집필진(가나다순)

곽덕환(한남대학교)
김영진(계명대학교)
류재윤(전주대학교)
박상령(호남대학교)
박재연(아주대학교)
변종현(경남대학교)
성범중(울산대학교)
이재승(경남대학교)
이충우(관동대학교)

21세기 대학생을 위한 漢字와 漢文

초판 제1쇄 발행 2009년 1월 30일
개정판 제1쇄 발행 2010년 2월 22일 제7쇄 발행 2017년 3월 9일
지은이 한국지역대학연합 『漢字와 漢文』 편찬위원회
펴낸이 지현구 펴낸곳 태학사 등록 제406-2006-00008호
주소 경기도 파주시 광인사길 223
전화 마케팅부 (031) 955-7580~2 편집부 (031) 955-7585~89 전송 (031) 955-0910
홈페이지 www.thaehaksa.com 전자우편 thaehak4@chol.com

ⓒ 한국지역대학연합 『漢字와 漢文』 편찬위원회, 2010
값은 뒤표지에 있습니다.
저자와 협의하여 인지는 생략합니다.

ISBN 978-89-5966-380-4 03800

21세기 대학생을 위한 漢字와 漢文

한국지역대학연합 『漢字와 漢文』 편찬위원회

태학사

일러두기

이 책의 학습자들이 알아 두어야 할 사항은 다음과 같다.

1. 이 교재는 대학교의 한 학기 수업 분량을 염두에 두고 편찬하였고, 대학생들의 흥미와 관심을 유발하기 위한 측면도 적극 고려하였다.

2. 대학생들의 한자 교육에 역점을 두면서, 고문과 현대문 지문을 통하여 대학생들이 자연스럽게 문장 속에서 한자를 익히게 하였고, 어려운 한자는 음과 훈을 제시하였다.

3. 고문의 경우 한문으로 된 원문은 학생들의 학습 효과를 고려하여 번역하여 실었으며, 긴 문장에 대해서는 편폭을 조정하되 원의(原義)를 벗어나지 않도록 유의하였다.

4. 우리 주변에서 흔히 쓰이는 고사성어(故事成語) 이야기를 통하여 선인들의 삶의 지혜를 배우도록 하였다.

5. 한문 문장에 대한 소양을 높이기 위해 경전(經傳) · 단문(短文) · 명언구(名言句) · 한시(漢詩) 등을 선별하여 수록하였다.

6. 한자와 한자어에 대한 이해를 돕기 위해 그 구성과 특징 등을 설명하여 기본적 이론을 습득할 수 있도록 하였다.

7. 부록으로 한자 부수표와 한자 번체(繁體)와 간체(簡體)에 대한 대조표를 수록하였고, 사자성어(四字成語)도 수록하여 각종 시험에 대비할 수 있게 하였다.

8. 한자쓰기 능력을 제고시키기 위하여 교육부 지정 1,800자에 대해 독음과 훈을 달아 부록으로 첨가하여, 한자쓰기 연습과제로 사용할 수 있게 하였다.

오늘날 정보통신과 교통수단의 발달로 세계는 지구촌이라는 작은 구성체로 묶이는 시대가 되었다. 지구 저편에서 일어나는 사건과 정보들을 지구 이편에서도 쉽게 접할 수 있다. 21세기는 세계화 시대라고 할 수 있는데, 한자문화권에 속하는 우리나라는 이러한 시대적 흐름과 더불어 전통문화를 지키고 발전시키기 위하여 한자와 한문 교육을 제대로 실시해야 할 필요성이 강조되고 있다.

우리나라의 언어정책은 국한문(國漢文) 혼용과 한글 전용 사이에서 오락가락하다 지금은 한글전용 쪽으로 가닥이 잡혀 있는 상태이지만, 우리말보다 영어 능력을 중시하는 세태에 따라 지금의 대학생들은 한자와 한문을 낯설어 할 뿐만 아니라 학술용어는 물론 교양인으로서 갖추어야 할 언어 구사에도 어려움을 겪고 있다. 그들에게 한자와 한문의 소양을 넓히도록 하는 것은 전공 학습에 도움을 줄 뿐만 아니라 사회 구성원 사이의 의사소통 능력을 배양하고, 선인들의 삶과 지혜를 이해하여 건전한 가치관과 바람직한 인성을 함양하는 데도 기여할 수 있다. 한국지역대학연합은 이런 문제를 직시하여 사회에서 요구하는 수준의 한자교육 공동프로그램을 운영하기로 하고 이를 위한 교재로『한자와 한문』을 편찬하게 되었다.

일찍부터 한자문화권에 속하는 한·중·일 세 나라는 제각기 독특한 한자 및 한문 독법을 가지고 있다. 중국은 그들의 음으로 구두(句讀)가 떨어지는 곳에서 끊어 읽을 뿐 따로 새기는 과정이 없다. 일본은 주로 훈독(訓讀)을 하는데, 훈독의 편의를 위해서 반점(返點)을 사용한다. 이는 음을 읽지 않고 곧바로 뜻을 새기면서 읽는 것이다. 우리나라에서는 예로부터 성독법(聲讀法)을 창안하여 문리(文理)를 깨우치는 방안으로 활용하여 왔다. 성독의 역사는 문헌에 남아 있지는 않지만, 신라 때 향찰(鄕札)이나 구결(口訣)이 쓰였던 것으로 보아 그 이전부터 한문에 토(吐)를 달아서 읽었던 것으로 추정된다. 그 전통은 고려와 조선을 거쳐서 현재까지도 서당에서는 한문 학습법으로 계승하고 있다. 따라서 한자와 한문의 학습과정에서 성독법의 활용을 적극 권장하고 싶다.

이 교재는 학생들에게 국가에서 교육용 한자로 선정한 1800자를 완전 습득하도록 할 뿐만 아니라, 국내 여러 기업에서 요구하는 인재선발 기준에도 합당한 한자와 한문의 해독 능력을 두루 갖출 수 있게 하였다. 따라서 우리 편찬자들은 이 교재를 숙독한 대학생들이 한자와 한문의 소양을 갖춘 지성인으로서의 자질을 함양할 수 있기를 기대한다.

2008년 10월
한국지역대학연합『漢字와 漢文』편찬위원회

차례

21세기 대학생을 위한 漢字와 漢文

제1과

사이버 공간에서의 언어 예절

오늘날 인터넷 媒體의 發達로 모든 情報가 實時間으로 傳播되고 이를 共有하는 時代가 되었다. 어디에서나 마음만 먹으면 消息을 보낼 수 있고 資料를 받아 볼 수 있게 된 것이다. 뿐만 아니라 相互간에 討論을 벌일 수 있는 空間도 마련되고 있다. 이러한 것은 科學의 발달이 가져온 貴重한 資産이며 膳物이다. 컴퓨터가 發明되기 전과 比較한다면 그야말로 隔世之感을 禁할 수 없다. 그러나 이렇게 所重한 文明의 利器를 잘 活用하지 못하면 우리 몸에 惡性 바이러스가 浸透하듯 인터넷 공간에도 害惡을 끼치는 要素들이 생겨나게 마련이다. 인터넷 공간에서 言論 自由를 憑藉하여 남을 誹謗하거나 相對方의 人格을 훼손하는 것이 바로 그런 例다. 이제 우리는 인터넷과 같은 公論의 場에서 상대방의 意見도 認定하고 尊重하는 成熟한 모습을 보임으로써 健全한 討論 문화를 形成해야 할 것이다. 한 사람의 言語 使用은 그의 人格을 보여준다. 우리 大韓民國이 經濟力에 걸맞은 文化 先進國이 되기 위해서는

國民 스스로가 文化人으로서의 自負心이나 正體性을 잊지 않아야 하며, 특히 敎養과 知性을 陶冶하는 大學生들의 努力이 뒷받침되어야 할 것이다.

사이버 空間에서는 지켜야 할 禮節이 있다. 이것을 네티켓(Netiquette)이라고 하는데, 네트워크(Network)와 에티켓(Etiquette)의 合成語이다. 네티켓에는 채팅 네티켓, 게시판 네티켓, 이메일 네티켓, 資料室 네티켓, 게이머를 위한 네티켓 등이 있는데, 대체로 다음과 같은 事項들을 留念해야 할 것이다. 가상 空間에도 실제 사람들이 存在하고 있다는 것을 銘心해야 한다. 즉, 사이버 空間이지만 나는 지금 사람을 마주 보고 이야기하고 있다고 생각할 必要가 있다. 그리고 實際 生活에서와 같은 基準으로 行動할 필요가 있다. 네티켓은 해당 領域마다 환경이 多樣하다는 것을 알고 그 가상공간의 環境을 잘 把握해서 행동해야 한다. 그리고 온라인(on-line) 상에서는 대체로 匿名으로 글을 올리기 때문에 그 사람이 쓴 글의 水準에 따라 評價를 받게 된다. 따라서 글의 내용은 簡潔하면서도 明確하게 하고 論理的으로 쓰기 위해 노력해야 한다. 될 수 있는 한 攻擊的 言語 使用은 自制하고 相對를 配慮하는 鄭重한 表現을 使用하는 것이 必要하다. 이상의 事實들을 考慮하여 사이버 空間에서 大學生들이 率先垂範하여 禮節을 잘 지켜나간다면 네티켓은 한층 더 높은 水準으로 格上될 것이다. 大學生들은 이처럼 사이버 공간에서 새로운 秩序를 確立하는데 主導的인 役割을 擔當하고, 專攻 분야의 소양을 넓고 깊게 穿鑿하여, 無限한 想像力과 創意力으로 새로운 價値를 創造하는데 主力해야 할 것이다. (『漢字와 漢文』 편찬위원회)

¤ 신출 한자 익히기

膳(선): 반찬, 드리다, 먹다

隔(격): 사이 뜨다, 멀어지다, 나누다

藉(자): 깔개, 빌다, 꾸다

謗(방): 헐뜯다, 비방하다

把(파): 잡다, 쥐다, (한) 줌

匿(익): 숨다, 숨기다. 숨은 죄

垂(수): 드리우다, 베풀다, 가, 끝

穿(천): 뚫다, 구멍, 구멍이 나다

較(교): 견주다, 비교하다

憑(빙): 기대다, 의거하다, 붙다

誹(비): 헐뜯다, 비방하다

冶(야): 불리다. 대장장이, 꾸미다

握(악): 쥐다, 주먹, 손아귀

率(솔): 거느리다. 이끌다, 좇다

範(범): 법, 본보기

鑿(착): 뚫다, 끊다, 열다

관수유술(觀水有術)

　우리 옛 선인들은 자연과의 親和를 바람직하게 여겼다. 『論語』에도 "지혜로운 자는 물을 좋아하고, 어진 자는 산을 좋아한다(知者樂水, 仁者樂山)"고 하였다. 즉 지혜로운 사람은 事理에 통달하여 두루 유통하고 막힘이 없는 것이 물과 비슷한 점이 있으므로 물을 좋아하고, 어진 사람은 義理에 편안하여 重厚하고 옮기지 않아서 산과 비슷한 점이 있으므로 산을 좋아한다는 것이다.

　자연 가운데서도 "물을 본다"는 뜻으로, '觀水臺'니 '觀瀾亭'이니 하는 이름을 붙인 것을 볼 수 있다. 『孟子』盡心章에 "물을 보는 데는 방법이 있다. 반드시 그 물결을 보라(觀水有術, 必觀其瀾)"고 하였다. 선비들의 '樂水'는 단순히 물을 좋아하고 물놀이나 하는 유의 행락을 말한 것은 아니다. 물을 보면서 자신의 마음을 맑게 하고, 물의 속성에서 많은 깨우침을 받고자 한 데 그 본뜻이 있었을 것이다. 우리 속담에도 "물이 맑으면 고기가 아니 산다."고 하였는데, 지나치게 청렴하고 엄정하기만 한 경우 사람들이 가까이 따르지 않음을 비유하는 말이다. 그런가 하면 "물이 흐리면 고기가 숨을 가쁘게 쉰다."는 말도 있다. 나라의 법이 어지럽고 정치가 가혹하면 백성이 삶을 부지할 수 없게 됨을 비유하는 말이다.

『莊子』에 "군자의 사귐은 물과 같이 담담하다(君子之交, 淡若水)"고 하였다. 소인의 사귐이 달면 삼키고 쓰면 뱉어내는 데 비하여 한 말이다. 그러나 진실한 인간관계는 물과 같이 담담한 가운데서 이루어진다고 본 것이다. 물은 모든 것을 그 품 안에 받아들이고, 만물에게 이로움을 주고, 또 윤택하게 한다. 이를 일러 '수선리만물(水善利萬物)'이라고 한다. 사람도 마땅히 물과 같이 넓은 도량을 가지고 널리 은덕을 끼쳐야함을 말했다. 물은 흘러갈 때 조금이라도 우묵한 곳이 있으면, 먼저 그곳을 가득 채우고 나서야 그 앞으로 나아간다. 이를 일러 '영과이후진(盈科而後進)'이라고 한다. 사람이 뜻을 세워 무슨 일을 할 때에 성급히 결과를 서두를 것이 아니라, 빈틈없이 착실하게 일해 나갈 것을 일깨워주고 있다.

사자소학(四字小學) · 학어집(學語集)

1. 四字小學

父生我身하시고 母育吾身하시며
腹以懷我하시고 乳以哺我하시며
以衣溫我하시고 以食活我하시니
恩高如天하고 德厚如地로다
爲人子者는 曷不爲孝리요.

兄生我前하고 弟生我後로다
骨肉雖分이나 本生一氣하고
形體雖各이나 素受一血이니
比之於木이면 同根異枝요
比之於水면 同源異流니라
爲兄爲弟는 何忍不和리요.

【어구 풀이】

> ▶腹以懷我(복이회아): 배로써 나를 품어 주시고. 以는 後置詞로 쓰였음.
> ▶曷不爲孝(갈불위효): 어찌 효도하지 않으리요.
> ▶骨肉雖分(골육수분): 골육은 비록 분리되어 있으나, 雖: 비록 ~이나, 비록 ~일지라도
> ▶比之於木(비지어목): 나무에 비교해보면.
> ▶爲兄爲弟(위형위제): 형이든 아우이든.
> ▶何忍不和(하인불화): 어찌 (차마) 화목하지 않으리요.

2. 學語集

天: 天者는 蒼蒼在上하여 輕淸而至高하니 日月星辰이 繫焉이로다.

地: 地者는 茫茫在下하여 博厚而至大하니 山川草木이 載焉이로다.

山: 土積而高起者 爲山하니 其高千萬丈이라 草木生하고 禽獸藏焉이로다.

禽獸: 飛者를 謂之禽이요 走者를 謂之獸니 羽族毛族이 各有三百이로다.

花: 東風이 吹에 百花爭發하니 或紅或白하고 又有黃紫하니 蜂蝶이 尋其
香하니라.

【어구 풀이】

▸ 蒼蒼在上(창창재상): 푸르고 푸르게 위에 있다.
▸ 輕淸而至高(경청이지고): 가볍고 맑으면서 지극히 높다.
▸ 繫焉(계언): 그 곳에 (於天) 매달려 있다.
▸ 焉(언): 어미조사일 경우, 於此, 於他, 之, 로 대체하여 보면 됨.
▸ 茫茫(망망): 아득한 모양.
▸ 博厚而至大(박후이지대): 넓고 두터우면서 지극히 크니.
▸ 禽獸藏焉(금수장언): 藏: 감출 장, 새와 짐승들이 그곳에 숨어 산다.
▸ 羽族毛族(우족모족): 깃 달린 족속과 털 달린 족속, 즉 禽類와 獸類.
▸ 東風(동풍): 봄바람.
▸ 蜂蝶(봉접): 벌과 나비.

한자어의 특성

한자(漢字)와 한문(漢文)은 삼국 시대부터 본격적으로 사용되어 오면서 우리 언어생활의 중요한 부분을 차지해 왔다. 오랜 세월을 두고 사용돼 왔기 때문에 한자어와 고유어는 구별하기가 어렵고, 한자어는 한국어 어휘 체계 속에서 우리 언어로 토착해버린 경우도 많다. 따라서 한자어의 특성을 이해하면 국어 생활에 많은 도움이 된다. 아래에 한자어의 특성을 몇 가지 들어본다.

1. 한자는 조어력이 뛰어나다. 그래서 새로운 한자어가 계속해서 생겨난다.
   한자는 하나의 글자가 어두, 어중, 어말에 자유로이 놓여 새로운 단어를 만든다. 특히 한자어 명사는 새로운 개념을 나타내는 수단으로 계속 생겨난다. 또한 동작을 나타내는 선행 한자어 뒤에다 '-하다'를 붙여 수많은 새말[新語]를 만들 수 있다. '전쟁하다', '공부하다', '토론하다' 등이 '-하다'가 붙어 이루어진 한자어다.

2. 한자어는 동음이의어가 많다. 따라서 정확한 의미 파악을 위해 한자병기(漢字幷記)가 필요한 경우가 있다. 한자어는 적은 수의 음절로 많은 단어를 만들 수 있으므로 자연히 동음이의어가 많다. 국어 동음이의어의 80% 이상이 한자어끼리의 동음이의어인 사실에서 의미 파악이 어려운 동음이의어의 문제가 주로 한자어임을 알 수 있다. 이들은 대부분 문맥을 통하여 그 뜻이 짐작될 수도 있으나 문맥을 통해서도 알 수 없는 경우도 있다. 따라서 문맥을 통해서도 알기 힘든 의미를 파악하기 위해서 한자로 표기해야 하는 경우가 있다. '사기'의 경우 '士氣', '史記', '事記', '詐欺', '砂器', '社記', '沙器', '社基', '仕記', '四氣', '寺基', '死期', '私記', '社旗', '射技', '寺器', '射騎', '詞氣', '肆氣', '辭氣' 등 많은 동음이의어가 쓰일 수 있다

3. 한자어는 의미가 분화되어 있고 세분되었기 때문에 구체적이다. 따라서 고유어와 1:多 대응을 보여준다. 따라서 주로 전문적, 학술적, 문어적으로 쓰인다. 한자어는 고유어가 나타내는 의미보다 좁고 구체적이기 때문에 상세한 의미를 전달하기 위해서는 한자어를 쓰는 것이 유리하다. '길'과 대응하는 한자어로는 '道路', '通路', '經路', '過程', '順序', '節次', '行路', '旅路', '街路', '途中', '方法', '手段', '正道', '道理', '義務', '航路', '空路', '方向', '進路', '軌道', '線路', '路線'이 있다.

4. 한자어는 중국과 일본에서 사용하는 한자어와 비슷한 것이 많다. 따라서 중국이나 일본의 글을 읽는데 도움이 된다. 한자는 중국, 일본에서 함께 쓰이고 있을 뿐 아니라 우리가 중국, 일본으로부터 많은 문물과 그에 관련된 어휘를 받아들였기 때문에 여러 분야의 어휘가 비슷한 형태와 의미로 사용된다. 한·중·일의 한자어가 같거나 비슷한 예는 家族·家屬·家族, 同級·同年級·同級, 家屋·房屋·家屋, 脚本·劇本·脚本, 戀人·情人·戀人 등이 있다.

5. 한자어는 축약력이 강하다. 그래서 긴 형의 단어가 축약된 형태로 자주 사용된다. 현대 생활은 폭주하는 정보로 인해 새로운 개념이 많이 생기며 언어 경제성에 의해 이들의 축약[생략형]이 요구된다. 축약된 형태의 한자어는 언어의 경제성에 따라 계속해서 만들어질 것이다. '전국경제인연합회', '의사협회', '변호사협회'를 '전경련', '의협', '변협'과 같이 축약된 형태로 사용한다.

6. 한자어는 고유어로 대치가 힘든 경우가 많다. 따라서 한자어를 고유어로 바꾸거나 없애는 것은 매우 어렵다. '내일', '학교', '민주주의', '정부', '토론' 등 대다수의 한자어는 이에 해당하는 고유어가 존재하지 않으며 있다 해도 언중(言衆)이 거의 사용하지 않는 실정이다. 일부에서 이들에 대해 고유어로 새말을 만들어 쓰기도 하나 언어의 관습이란 쉽게 바꾸지 못하기 때문에 한자어가 그대로 쓰이고 있다. 국어 고유 명사는 거의가 한자로 되어 있는데 이들은 고유어로 대체가 어려울 뿐 아니라 고유어로 바꿀 경우 의미 파악이 어려울 수도 있다.

7. 경어(敬語)로 쓰이는 한자어가 있다. 언어는 언어 대중의 심리적 영향을 받는데, 대중이 고유어보다 한자어가 더욱 품위 있다고 느낀다면 이런 생각을 바꾸기는 쉬운 일이 아니다. 어른의 '나이', '이름', '이[齒]'를 '연세', '성함', '치아'로 말하는 것처럼, 언중이 고유어보다 한자어가 상대를 높여 대우하는 말이고, '감기', '습관'이 '고뿔', '버릇'보다 品位가 있다고 여긴다면 해당 고유어를 한자어로 사용하는 것이 좋다. 또한 같은 한자어라도 '감기', '성명'보다 '감환', '성함'을 더 높임말로 사용한다.

8. 한자어는 개념을 나타내기 쉬워 전문어로 잘 쓰인다. 전문어는 세분되고 구체적인 의미 전달을 필요로 하기 때문에 한자어로 만드는 것이 유리하다. 일반 학습자가 전문 지식을 이해하기 위해서는 전문어를 이해해야만 가능하다. 그런데 전

문어는 한자어로 이루어진 것이 많기 때문에 한자 지식이 많거나, 한자어를 많이 아는 것이 지식 학습에 도움이 된다. '추상적', '구체적', '관념', '개념', '상론', '토의', '함의', '전제' 등 많은 한자어는 한자 의미를 이용하여 그 한자어의 의미를 추측하는데 도움이 된다.

우리는 이상의 한자어의 특성을 통해 언어생활에서 적절한 한자어의 사용은 언어생활의 격을 높여줄 수 있고, 언어생활을 원활하게 해 줄 수 있음을 알 수 있다. 또한 전문용어는 우리말보다 한자어가 많이 쓰이고 있기 때문에 대학생들은 평소에 한자와 한문을 부지런히 익혀두는 습관을 길러두어야 할 것이다.

21세기 대학생을 위한 漢字와 漢文

제2과

칼 야스퍼스 **대학의 이념**

大學은 학자와 학생들이 共同體를 이루고 眞理를 터득하는 것을 重要한 課題로 삼는다. 대학은 財團, 과거의 資産權, 國家 등에 의해서도 設立될 수 있다. 그러나 어떠한 과정을 통해서 설립되었든지 대학은 이제 하나의 독립된 自治團體이다. 초기의 대학은 敎皇의 敎書, 皇帝의 勅令 또는 領邦國家의 法令에 依據해서 公式的으로 認可되었다. 그러나 대학은 어떠한 機關에 의해서든 대학으로 設立된 이상 독자적으로 運營되는 단체이다. 대학은 이러한 모든 條件下에서만이 그의 存在를 독립적으로 維持해 갈 수 있다.

무엇보다 重要한 점은 대학의 創設者가 진정으로 대학의 獨立性을 認定해야 한다는 것이다. 그러한 結果로 그의 固有性을 國家로부터 認定받았을 뿐만 아니라, 敎會와 마찬가지로 民族이나 국가를 超越하는 不滅의 理念으로 대학의 독자적 地位를 確固하게 했다. 대학은 가르침의 自由를 要求하고 그 자유가 保障되기 바란다. 이러한 가르침에 대한 自由는 진리를 探究하기 위한 條件이며 內外的으로 作用할 수 있는 어떠한 국가적 또는 정치적 힘으로부터도 干涉을 받지 않을 것을 의미한다. 이러한 조건에서만 진리를 탐구할 수 있다.

대학도 학교이기는 하지만 아주 獨特한 類型의 학교이다. 대학은 講義를 提供하고, 학생들로 하여금 硏究에 參與하게 한다. 학생들은 이러한 過程을 통해서 대학생활에 必要한 知的 手段을 갖추게 된다. 또한 학생들은 대학의 理念을 理解하고, 自律的으로 責任을 認識하며, 敎授들을 批判的으로 追從하는 연구가들이다. 이렇게 학생들은 그들에게 고유한 배움의 자유를 가지고 있다.

대학은 그 社會와 국가가 必要로 하는 그 時代의 가장 바람직한 意識을 形成한다. 학생과 교수들은 모두 인간적 공동체를 형성하고 오직 진리만을 탐구하는 것을 職業으로 삼는다. 인간이 인간으로서 어디서든지 어떠한 條件도 없이 진리를 探究한다는 것은 인간의 當然한 權利다.

그러나 그와 동시에 國家權力은 대학을 保護해야 한다. 왜냐하면 대학이 국가를 이끌어 가는 데 필요한 知識과 知的 修養을 提供하기 때문이다. 진리탐구가 국정을 이끌어 가는 職業的 役割을 遂行하는 데 重要한 바탕이 된다는 것은 否認할 수 없는 사실이다. 이러한 진리탐구는 學問의 成果일 뿐만 아니라 대학인의 지적 교육을 통해서 얻어진다. 그러나 그것이 不確實할지라도 인간의 根本意志는 진리탐구를 指向할 것이다. 우리의 經驗에서 볼 때 오직 이러한 의지만이 頂上에 오르는 것을 可能하게 한다. 이렇게 대학은 모든 現實을 超越할 수 있는 精神의 涵養을 중요한 目的으로 삼는다. 그렇게 되면 우리가 추구하는 목적은 더욱더 明白해지며 誤謬가 없게 된다.

진리가 무엇이며 그것을 어떻게 터득하는가에 대해서 쉽게 말할 수는 없다. 그에 대한 해답은 대학생활을 통해서 얻어질 수 있는 것이기는 하지만, 결코 完全한 것일 수는 없다. 우선 다음과 같은 문제를 생각해보자.

대학의 목적은 근원적인 지적 욕구를 實現하는 데 있다. 이 지적 욕구의 궁극적 목적은 우리가 무엇인가를 알고자 하면 그 앎을 통해서 우리가 어떻게 되는

가를 發見하는 데 있다. 이러한 알고자 하는 욕구는 觀察을 통해서, 體系的 思考를 통해서, 그리고 客觀化에 대한 訓練으로서 自己批判을 통해서 실현된다. 또한 지적 욕구는 우리에게 能力의 限界를 認識하게 하고 자신의 無知를 經驗的으로 깨우치게 하며 지적 탐구에 따르기 마련인 危險을 精神力으로 克服하게 해준다.

우리의 知的 慾求의 本質은 知識의 統合과 全體性을 追究하는 데 있다. 이 지적 慾求가 항상 專門領域에서 實現되는 것이기는 하지만, 그 지식은 바로 全體를 構成하고 있는 部分들에 불과하다. 普遍的 世界觀을 形成하는 것 뿐만이 아니라, 神學이나 哲學에 이르기까지 이 모든 것은 多樣한 학문의 原理들이 統合되어가는 과정에서 실현된다. 실로 이 전체 體系는 自己克服의 鬪爭과 相互排他的 對立으로 끊임없이 떨어져 나가고자 하는 양극성의 상태에 있다. 하지만 모든 학문의 통합은 研究對象의 無限한 多樣性과 問題에도 불구하고 모든 학자들을 근본적으로 連結시켜주는 학문적 見解에 의해서 可能하다.

대학은 학문을 통해서 진리를 追求할 뿐만 아니라 그것을 傳授하는 것을 職業으로 삼는 사람들을 組織的으로 統合시킨다. 진리는 학문의 탐구를 통해서 追究된다. 그렇게 본다면 研究는 대학의 가장 중요한 과제이다. 그러나 진리는 학문그 以上의 것이다. 우리는 인간을 둘러싸고 있는 存在들인 정신, 존재, 理性을 연구함으로써 그 진리를 터득하고자 한다. 그래서 훌륭한 대학인을 誘致하는 것은 대학의 發展條件이다.

진리는 傳授되어야 한다. 따라서 가르친다는 것은 진리 추구 다음으로 중요한 대학의 課題이다. 그러나 單純히 知識이나 技術을 傳達한다는 것만으로 진리를 터득하는 데는 不足하다. 왜냐하면 진리는 그보다 훨씬 더 深奧한 인간의 정신을 형성하기 때문이다. 이것이 바로 연구와 가르침이 가지고 있는 중요한 의미, 넓은 의미의 敎育을 뜻한다.

대학의 이념은 우리가 영원히 到達할 수 없을지도 모를 하나의 理想을 향하여 나아감을 意味한다. 현실은 이상을 향하여 오직 漸進的으로 接近해 갈 뿐이다.

¤ 신출 한자 익히기

涵(함): 젖다, 적시, 담그다
謬(류): 그릇되다, 어긋나다

<필자소개> 칼 야스퍼스(1883~1969): 실존철학의 대가. 독일 태생. 하이델베르크 대학 교수를 지내다가 나치 정권에 의해 교수직 박탈. 이후 스위스로 이주하여 바젤대학에서 교수를 지냄.

백아절현(伯牙絶絃)

중국 춘추시대 伯牙는 거문고를 잘 연주하기로 천하에 이름난 名人이었다. 그가 거문고를 타면 그 미묘한 소리는 천자의 수레를 끄는 여섯 필의 말을 감동케 하여 고개를 우러러보고 말먹이를 먹게 하였다고 한다. 그러나 그의 음악을 참으로 깊이 이해한 사람은 그리 많았던 것 같지 않다. 그는 일찍이 成運의 門下에서 배웠는데 鍾子期는 세상에 둘도 없는 知己였다. 누구보다도 백아의 음악을 잘 이해한 이도 종자기였다. 백아가 높은 산의 우뚝한 기상을 마음에 그리며 거문고를 타면 그 소리를 듣고 종자기는 "과연 멋지도다! 그 우뚝함이 높은 산과 같구나."라 하였고, 백아가 넘실넘실 흐르는 물을 그리며 거문고를 타면, 종자기는 그 소리를 듣고, "오호라 좋구려! 그 넘실거림이 흐르는 물과 같구나"라 하였다.

두 사람은 일찍이 泰山의 뒤편에 놀러 갔는데 갑자기 소나기를 만났다. 비를 피하여 바위 아래 머물렀는데, 문득 悲感한 생각이 든 백아가 거문고를 들어 줄을 퉁겼다. 장맛비로 시작하여 산이 무너지는 소리로 이어 가며 곡을 탔다. 그것을 들으며 종자기는 曲調 하나하나 가려가며 거기에 담긴 백아의 생각을 차례로 맞추니, 백아는 그만 타던 거문고를 던져 버리고 말했다. "그대의 말이 참으로 神妙하오. 내 뜻과 어쩌면 그렇게도 일치하오. 내 음악은 그대의 듣는 바에서 조금도 벗어날 수가 없구려!"라며 감탄을 하였다.

백아 음악의 진면목을 누구보다도 잘 이해했던 종자기는 백아에 앞서 일찍 세상을 떠났다. 자신의 音樂을 잘 알아주던 종자기가 죽자 백아는 자신의 음악을 듣고 알아줄 사람이 없음을 애달파하고 그로부터 거문고 줄을 끊고 종신토록 다시는 거문고를 타지 않았다. 이를 두고 세상 사람들은 '絶絃'이라고 불러 자신을 알아주는 이의 죽음을 슬퍼함에 比喩하여 쓰기도 하고 친구의 죽음을 가리켜 말하기도 한다. 세상에서 자기를 알아주는 이가 있다는 것은 참으로 마음 든든한 일이다. 자기를 알아주는 이를 '知己'라고 한다. 옛날의 君子는 '知己'를 갖는 것을 인생에 커다란 보람으로 여겼다. 그리하여 "선비는 자기를 알아주는 이를 위하여 목숨을 버리고 여인은 자기를 기쁘게 하는 이를 위하여 화장을 한다(士爲知己者死, 女爲說己者容)"고 하였다.

동몽선습(童蒙先習)·계몽편(啓蒙篇)

1. 童蒙先習

天地之間 萬物之衆에 惟人이 最貴하니 所貴乎人者는 以其有五倫也라 是故로 孟子曰 父子有親하며 君臣有義하며 夫婦有別하며 長幼有序하며 朋友有信이라 하니 人而不知有五常이면 則其違禽獸가 不遠矣니라. 然則父慈子孝하며 君義臣忠하며 夫和婦順하며 兄友弟恭하며 朋友輔仁이라야 然後에 方可謂之人矣리라.

【어구 풀이】

▶ 以其有五倫也(이기유오륜야): (사람을 귀하게 여긴 것은) 그가 오륜을 가지고 있기 때문이다.
▶ 夫婦有別(부부유별): 부부간에 분별함이 있음.
▶ 五常(오상): 여기서는 五倫을 말함. 五常: 仁義禮智信.
▶ 其違禽獸不遠矣(기위금수불원의): 그가 금수와 다른 점이 멀지 않다. 違: 어길 위.
▶ 朋友輔仁(붕우보인): 벗끼리 서로 격려하며 仁德을 갖추도록 도와줌.

2. 啓蒙篇

上有天하고 下有地하니 天地之間에 有人焉하고 有萬物焉하니 日月星辰者는 天之所係也요 江海山嶽者는 地之所載也요 父子君臣夫婦長幼朋友者는 人之大倫也니라.

以東西南北으로 定天地之方하고 以靑黃赤白黑으로 定物之色하고 以酸鹹辛甘苦로 定物之味하고 以宮商角徵羽로 定物之聲하고 以一二三四五六七八九十百千萬億으로 總物之數니라.

【어구 풀이】

▸ 以東西南北 定天地之方: 동서남북으로 천지의 방향을 정하다.
▸ 靑黃赤白黑(청황적백흑): 五色.
▸ 酸鹹辛甘苦(산함신감고): 五味.
▸ 宮商角徵羽(궁상각치우): 五音.
▸ 總物之數(총물지수): 總, 總計也.

한자어의 구조(1)

▶ 竝列 構造

'병렬 구조'는 서로 대등한 의미를 가지는 두 개의 한자가 하나의 한자어를 이루는 구조이다. 병렬 구조는 다시 '相對 構造', '類似 構造', '動詞 連續 構造'로 나눌 수 있다.

'상대 구조'는 서로 상반되거나 대응되는 의미를 가지는 두 개의 한자로 이루어진 것이다. 상반되는 의미의 두 한자가 결합한 한자어에는 '高低', '長短', '遠近', '雌雄', '賣買', '授受', '往來' 등이 있고, 서로 대응하는 두 개의 한자가 결합한 한자어에는 '山川', '金銀', '草木', '富貴' 등이 있다.

'유사 구조'는 의미가 같거나 유사한 한자로 이루어진 구조이다. '街路', '朋友', '想念', '巨大', '充滿', '善良', '永久', '進行', '增加' 등이 있다. 이 한자어들의 의미는 그 중 한 한자의 의미와 같다. 한자어에서는 1음절 단어를 기피하는 경향이 있기 때문에 유의어를 반복하여 2음절어를 구성한 것이다.

'동사 연속 구조'는 서로 다른 두 개의 동작을 나타내는 한자로 이루어진 구성이다. '打倒', '擊沈', '射殺', '選擧' 등의 예가 있다. 이 한자어들은 별개의 두 동작을 나타내는 것이 아니라 하나의 동작과 그 이후 생기게 된 결과를 나타낸다. '打倒'는 '때려서 결과적으로 과넘어지게 하다'는 의미를, '擊沈'은 '쳐서 가라앉게 하다'는 의미를 나타낸다.

21세기 대학생을 위한 漢字와 漢文

제3과

일연 **단군신화**

『**魏**書』-¹에 記錄되어 있기를, "지금으로부터 2000년 前에 壇君王儉이 阿斯達-²에 都邑을 정하고 나라를 開創하여 朝鮮이라고 불렀으니 唐堯-³ 임금과 同時代였다."라고 하였다. 古記에 이르되, 옛날에 桓因-⁴의 庶子인 桓雄이 늘 천하에 뜻을 두고 人世를 貪내었는데, 아버지는 아들의 뜻을 알고 三危-⁵ 太伯을 내려다보니 人間을 널리 利롭게 할 만하므로 天符印-⁶ 3개를 주면서 가서 다스리게 하였다. 桓雄은 3000명의 무리를 이끌고 太伯山-⁷ 頂上의 神壇樹 아래에 내려와서 그곳을 神市라고 불렀으니 이 분이 桓雄天王이시다.

그는 風伯·雨師·雲師를 거느리고 穀·命·病·刑·善·惡 등 무릇 人間의 360여 가지 일을 맡아서 人世에 있으면서 다스리고 敎化하였다. 그때 곰과 호랑이가 같은 窟에서 살며 늘 神雄-⁸에게 빌기를 "바라건대 사람이 되고 싶습니다." 하므로, 한 번은 神雄이 神靈스러운 쑥 한 심지와 마늘 20枚를 주면서, "너희들이 이것을 먹고 100日 동안 日光을 보지 않으면 곧 사람이 될 것이다." 하였다. 곰과 범은 이것을 받아서 먹고 忌하기 三七日-9 만에 곰은 女子의 몸이 되었으나, 범은 忌하지 못하여 사람이 되지 못하였다.

熊女는 그와 婚姻해 주는 이가 없어서 恒常 壇樹 아래서 祝願하기를 "아이를 孕胎하고 싶습니다." 하였다. 雄이 이에 暫時 사람으로 변하여 熊女와 結婚하여 아들을 낳아 이름을 壇君王儉이라고 하였다. 王儉은 唐堯가 卽位한 지 50年 만인 庚寅年에 平壤城에 都邑하고 비로소 朝鮮이라 일컬었다. 또 도읍을 白岳山 阿斯達에 옮기었는데, 그곳을 또 弓忽山·今彌達-10이라고도 하였으니 治國하고 나서 1500년이었다.

周의 虎王-11 즉위 己卯年에 箕子-12를 朝鮮에 封하니, 壇君은 藏唐京으로 옮기었다가 뒤에 阿斯達에 돌아와 숨어서 山神이 되었으니, 壽가 1908歲였다고 한다.

(一然, 『三國遺事』, 「古朝鮮 王儉朝鮮」)

¤ 신출 한자 익히기

魏(위): 나라 이름, 높다, 대궐
阿(아): 언덕, 구석, 산비탈
堯(요): 요임금, 높다, 멀다
桓(환): 푯말, 굳세다, 크다
熊(웅): 곰, 빛나는 모양
窟(굴): 굴, 움, 사람이 모이는 곳
枚(매): 줄기, 서까래, 채찍
孕(잉): 아이 배다, 품다
胎(태): 아이 배다, 태아
彌(미): 땅 이름
箕(기): 키, 28수(宿)의 하나, 쓰레받기

<필자소개> 一然(1206~1289): 高麗後期의 僧侶. 『三國遺事』의 編者.

미주

1_ 『위서(魏書)』: 중국의 역사서(歷史書). 현재 전하는 동명(同名)의 책은 아닌 듯함.

2_ 아사달(阿斯達): 양달, 즉 조양(朝陽)·조광(朝光)의 땅이라는 뜻. 조선(朝鮮)의 원의(原義)일 것으로 추측됨.

3_ 당요(唐堯): 중국 고대의 신화적 성군(聖君)인 요(堯)임금. 당(唐)은 제요(帝堯) 도당씨(陶唐氏)라는 뜻임.

4_ 환인(桓因): 『삼국유사(三國遺事)』에서는 '제석(帝釋)'을 이른다고 함.

5_ 삼위(三危): 세 개의 고산(高山)의 뜻. 태백(太伯, 太白)은 그 가운데 하나임.

6_ 천부인(天符印): 풍백(風伯)·우사(雨師)·운사(雲師)의 삼신(三神)을 거느릴 수 있는 천제(天帝)의 인수(印綬).

7_ 태백산(太伯山): 『삼국유사』에서는 묘향산(妙香山)을 가리킨다고 함.

8_ 신웅(神雄): 환웅(桓雄).

9_ 삼칠일(三七日): 21일.

10_ 궁홀산(弓忽山)·금미달(今彌達): 곰골·곰딸의 사음(寫音).

11_ 호왕(虎王): 무왕(武王). '호(虎)'는 고려 혜종(惠宗)의 휘(諱)인 '무(武)'자(字)를 기휘(忌諱)한 글자.

12_ 기자(箕子): 중국 고대 국가인 은(殷)나라 현인으로, 조선(朝鮮)에 건너와 왕이 되었다는 설이 있음.

괄목상대(刮目相對)

중국 吳 나라 孫權의 부하 중에 呂蒙이라는 武將이 있었다. 그는 힘이 세고 담력이 출중했는지는 몰라도 일자무식의 장수였다. 그의 인재를 아까워한 손권은 그에게 늦게나마 공부할 것을 권하였다. 상전의 권유를 받아들인 여몽은 즉시 공부를 시작하였는데, 여간 열심히 하는 것이 아니었다. 그 결과 그의 공부는 놀라운 進步를 보였다. 그의 선배 장군 魯肅이 어느 날 우연히 여몽을 만나 議論이 벌어졌는데, 노숙이 더 이상 여몽의 相對가 되지 아니하였다. 여몽의 識見과 論理는 완전히 노숙을 압도하였다. 거기서 노숙은 마음으로부터 感服하여, 여몽의 등을 힘차게 두드려주며, 激勵하여 말했다. "그대는 다만 전쟁에서의 武略밖에 모르는 사람인 줄 알고 있었는데, 이제 보니 學識도 어지간히 폭넓게 통하고 있어 과연 예전의 '무식쟁이'가 아니구려." 노숙의 이 말에 여몽은 답하여 말했다. "선비가 서로 헤어져 사흘이 지나고 보면 곧 눈을 비비고 상대해야 할 것입니다(士別三日, 卽當刮目相對)." 선비는 사흘 동안 만나지 않는 동안에도 학문에 힘을 써 몰라보게 큰 成就를 하므로 눈을 비비고 똑바로 보는 것이 당연하다는 것이다. 오늘의 나는 이미 어제의 내가 아닌 것이다. 하물며 사흘 뒤의 나는 더 말할 나위가 없지 않은가? 눈을 비비고 크게 뜨고 볼 일이다. 언제까지나 한 자리에 머물러 있을 수는 없는 것이다. 날마다 새로워지고자 노력하는 인생(日新, 又日新)이야말로 보람 있는 삶이 아니겠는가?

소학(小學)·대학(大學)

1. 小學

列女傳曰 古者에 婦人이 妊子에 寢不側하며 坐不邊하며 立不蹕하며 目不視邪色하며 耳不聽淫聲하고 夜則令瞽로 誦詩하며 道正事하더니라 如此則生子에 形容이 端正하며 才過人矣리라.   <立敎篇>

孔子謂曾子曰 身體髮膚는 受之父母이니 不敢毀傷이 孝之始也요 立身行道하야 揚名於後世하야 以顯父母 孝之終也니라.   <明倫篇>

伯兪 有過어늘 其母 笞之한대 泣이러니 其母曰 他日笞에 子未嘗泣이라가 今泣은 何也오 對曰 兪得罪에 笞常痛이러니 今母之力이 不能使痛이라 是以泣하노이다.   <稽古篇>

【어구 풀이】

▶『小學』(소학): 유가 서적 중의 하나로 학동들에게 가르치는 인륜 도리의 지침서. 宋나라 朱憙의 編이라 하나, 실은 그의 문인 劉子澄의 著書. 經書나 傳記中에서 수신 인륜 도덕에 관한 내용의 글을 편집한 책.
▶『列女傳』(열녀전): 漢나라 劉向이 지음. 총 7권으로 여러 열녀의 傳記를 母儀(모의) 賢明(현명) 仁智(인지) 貞愼(정신) 節義(절의) 辨通(변통) 孼嬖 (얼폐)의 항목으로 나누어 수록하였음.
▶寢不側(침불측): 잠잘 때 옆으로 눕지 않는다.
▶坐不邊(좌불변): 앉을 때 가장자리·변두리에 앉지 않는다.
▶立不蹕(입불비,필): 서 있을 때 기울어 서지 않는다.
▶蹕: 외발로설 비, 기댈 비.
▶夜則令瞽 誦詩 道正事(야즉영고 송시 도정사): 밤에는 瞽로 하여금 시를 외우고 바른 일을 말하게 함. 令: 하여금 령. 瞽: 고대 周나라 때의 벼슬 이름. 임금의 스승인 太師 신분으로 임금을 곁에 모시고 誦詩와 諷諫하는 일을 맡았음.
▶才過人矣(재과인의): 재능이 다른 사람보다 뛰어나다.
▶子未嘗泣(자미상읍): 네가 일찍이 울지 않았다.

2. 大學

古之欲明明德於天下者는 先治其國하고 欲治其國者는 先齊其家하고 欲齊其家者는 先修其身하고 欲修其身者는 先正其心하고 欲正其心者는 先誠其意하고 欲誠其意者는 先致其知하니 致知는 在格物이니라.

物格而后知至하고 知至而后意誠하고 意誠而后心正하고 心正而后身修하고 身修而后家齊하고 家齊而后國治하고 國治而后天下平이니라. <首章>

【어구 풀이】

▸明明德(명명덕): 앞의 明은 동사, 뒤의 明은 형용사임; 밝은 덕을 밝히다.
▸格物(격물): 格은 窮究하다의 뜻. 사물을 궁구하다.

한자어의 구조(2)

▶ 主語－敍述語 構造

주어－서술어 구조도 우리말과 한문의 순서가 일치한다. '天高', '夜深'은 서술어가 형용사인 경우이고, '日沒', '月出'은 서술어가 동사인 경우이다. '國泰民安'은 '나라가 태평하고 국민이 평안하다'는 의미로서 주어－서술어 구조가 반복되어 사자성어를 이룬 것이다. '事必歸正'은 주어－서술어 구조가 수식어로 확장된 예이다. '모든 일은 반드시 바른 길로 돌아감'을 뜻한다.

그러나 '有', '無' 등 특정 한자가 서술어로 쓰일 때에는 '有害', '有利', '無事', '無敵'과 같이 서술어가 주어 앞에 온다. '多, 發, 降, 脫' 등도 서술어로 쓰일 때 '多情', '發病', '降雨', '脫毛'와 같이 주어 앞에 온다.

▶ 敍述語－目的語 構造

서술어－목적어 구조의 어순은 우리말과 반대이다. '讀書'는 '책을 읽다', '採石'은 '돌을 캐다'의 뜻이다. '溫故知新', '送舊迎新'은 서술어－목적어 구조가 반복된 것이다.

그러나 서술어－목적어의 순서가 거꾸로 나타나는 한자어도 있다. '列擧'는 '예를 들다'의 뜻으로 '擧列'로 나타날 것이 기대되나 '列擧'로 나타난다. '人選'도 '사람을 뽑다'의 뜻이나 '選人'이 아닌 '人選'으로 나타난다.

21세기 대학생을 위한 漢字와 漢文

제4과

[전부개정 1987.10.29 헌법 제10호] 대한민국헌법

前文

悠久한 歷史와 傳統에 빛나는 우리 大韓國民은 3·1運動으로 建立된 大韓民國 臨時政府의 法統과 不義에 抗拒한 4·19民主理念을 繼承하고, 祖國의 民主改革과 平和的 統一의 使命에 立脚하여 正義·人道와 同胞愛로써 民族의 團結을 鞏固히 하고, 모든 社會的 弊習과 不義를 打破하며, 自律과 調和를 바탕으로 自由民主的 基本秩序를 더욱 確固히 하여 政治·經濟·社會·文化의 모든 領域에 있어서 各人의 機會를 均等히 하고, 能力을 最高度로 發揮하게 하며, 自由와 權利에 따르는 責任 과 義務를 完遂하게 하여, 안으로는 國民生活의 균등한 向上을 기하고 밖으로는 恒久的인 世界平和와 人類共榮에 이바지함으로써 우리들과 우리들의 子孫의 安 全과 自由와 幸福을 永遠히 確保할 것을 다짐하면서 1948年 7月 12日에 制定되고 8次에 걸쳐 改正된 憲法을 이제 國會의 議決을 거쳐 國民投票에 의하여 改正한다.

第1章 總綱

第1條 ①大韓民國은 民主共和國이다.

②大韓民國의 主權은 國民에게 있고, 모든 權力은 國民으로부터 나온다.

第2條 ①大韓民國의 國民이 되는 要件은 法律로 정한다.

②國家는 法律이 정하는 바에 의하여 在外國民을 保護할 義務를 진다.

第3條 大韓民國의 領土는 韓半島와 그 附屬島嶼로 한다.

第4條 大韓民國은 統一을 指向하며, 自由民主的 基本秩序에 입각한 平和的 統一 政策을 樹立하고 이를 推進한다.

第5條 ①大韓民國은 國際平和의 維持에 努力하고 侵略的 戰爭을 否認한다.

②國軍은 國家의 安全保障과 國土防衛의 神聖한 義務를 遂行함을 使命으로 하며, 그 政治的 中立性은 遵守된다.

第6條 ①憲法에 의하여 締結·公布된 條約과 一般的으로 承認된 國際法規는 國內法과 같은 效力을 가진다.

②外國人은 國際法과 條約이 정하는 바에 의하여 그 地位가 保障된다.

第7條 ①公務員은 國民全體에 대한 奉仕者이며, 國民에 대하여 責任을 진다.

②公務員의 身分과 政治的 中立性은 法律이 정하는 바에 의하여 보장된다.

第8條 ①政黨의 設立은 自由이며, 複數政黨制는 보장된다.

②政黨은 그 目的·組織과 活動이 民主的이어야 하며, 國民의 政治的 意思 形成에 참여하는데 필요한 組織을 가져야 한다.

③政黨은 法律이 정하는 바에 의하여 國家의 보호를 받으며, 國家는 法律이 정하는 바에 의하여 政黨運營에 필요한 資金을 補助할 수 있다.

④政黨의 目的이나 活動이 民主的 基本秩序에 違背될 때에는 政府는 憲法裁判所에 그 解散을 提訴할 수 있고, 政黨은 憲法裁判所의 審判에 의하여 解散된다.

第9條 國家는 傳統文化의 계승·발전과 民族文化의 暢達에 노력하여야 한다.

¤ 신출 한자 익히기

鞏(공): 굳다		遵(준): 좇다, 지키다	
弊(폐): 헤지다, 곤하다		締(체): 맺다, 연결하다, 닫다	
島(도): 섬		障(장): 막히다, 가리우다	
嶼(서): 섬		暢(창): 길다, 통하다, 사무치다	

호가호위(狐假虎威)

중국 전국시대에 荊 나라 宣王이 하루는 君臣이 모인 자리에서 물었다. "내 일찍이 듣기를 우리 북쪽에 있는 나라들이 昭奚恤을 두려워하고 있다고 들었는 데, 과연 所聞과 같이 소해휼이 그렇게 사람인가?" 왕의 물음에 君臣들이 입을 다물고 아무 말도 하지 못하고 있을 때에 江乙이란 이가 성큼 나서며 比喩로써 말하였다. "小臣의 생각에는 이와 같은 것이 아닌가 합니다. 깊은 산 속에 사는 호랑이가 뭇짐승을 잡아먹고 살더니, 하루는 여우를 잡아서 먹게 되었습니다. 호랑이에게 붙잡혀 금방이라도 잡아먹힐 듯이 보이던 여우는 내심 꽤나 다급 하였지만 되려 天然스럽게 이렇게 능청을 떨었습니다. '그대는 감히 나를 먹으 려 하지 마시오. 天帝께서 나를 세워 온갖 짐승의 우두머리로 삼으셨는데 그대 가 만일 지금 나를 먹는다면 이는 정녕코 天帝의 命을 拒逆하는 것이 아니고 무엇인가! 그대가 혹시 내 말에 疑心이 간다면 나를 앞세우고 뒤따라오면서 자 기 눈으로 똑똑히 보고 確認하면 자연히 알게 될 것이오! 산중의 온갖 짐승들이 저들의 왕인 나를 얼마나 敬畏하고 있는가를…. 자 내 뒤를 따라 오시오' 천연 스럽게 말하는 여우의 꾀에 넘어간 호랑이는 여우의 뒤를 따라가 보았습니다. 여우와 호랑이가 걸어가니 산중에 있던 짐승들이란 짐승은 뒤도 돌아보지 않고 흩어져 도망치는 것이었습니다. 그것을 본 호랑이는 짐승들이 자기를 보고 두려워 도망가는 것도 모르고, 다만 여우를 두려워 한 탓으로만 여겼습니다. 지금 대왕의 나라는 四方 五千里에 武裝한 兵士만도 百萬이 있습니다. 이들이 공교롭게도 소해휼에 딸려 있는 形局이어서 북쪽 나라들이 두려워하고 있으나, 기실은 대왕의 무장한 병사를 두려워하고 있습니다. 그것은 마치 여우가 호랑이의 威嚴을 빌어 뭇짐승을 도망치게 한 것과 마찬가지입니다."

위의 이야기는 『戰國策』에 실려 있는 고사다. 여기서 狐假虎威라는 말이 생겨 났는데, 신하가 임금의 威嚴을 빌거나, 약자가 강자의 위엄을 빌어 行勢하는 것을 비유하는 말이 되었다.

논어(論語)

子曰 學而時習之면 不亦說乎아 有朋이 自遠方來면 不亦樂乎아 人不知而不慍이면 不亦君子乎아.

曾子曰 吾日三省吾身하노니 爲人謀而不忠乎아 與朋友交而不信乎아 傳不習乎애니라

子曰 弟子 入則孝하고 出則弟하며 謹而信하며 汎愛衆호대 而親仁이니 行有餘力이어든 則以學文이니라. <學而篇>

【어구 풀이】

▶不亦說乎(불역열호): 說, 기뻐할 열. 悅也.
▶慍(온): 성내다. 화내다. 불평하다.
▶傳不習乎(전불습호): 傳, 스승의 가르침.

子曰 溫故而知新이면 可以爲師矣니라

子曰 學而不思則罔하고 思而不學則殆니라.

子曰 由아 誨女知之乎인져 知之爲知之오 不知爲不知 是 知也니라.

<爲政篇>

子曰 士 志於道而恥惡衣惡食者는 未足與議也니라.

子曰 放於利而行이면 多怨이니라.

子曰 父母在어시던 不遠遊하며 遊必有方이니라.

子曰 父母之年은 不可不知也니 一則以喜오 一則以懼니라.

子曰 德不孤라 必有隣이니라. <里仁篇>

【어구 풀이】

<爲政篇>
▶ 溫故(온고): 옛 것을 복습한다 · 배운다는 뜻. 溫: '推尋' 한다, '抽繹' 한다.
▶ 誨(회): 가르쳐주다. 깨우쳐주다.
▶ 女(여): 너. 이인칭.

<里仁篇>
▶ 惡衣惡食(악의악식): 나쁜 옷과 음식.
▶ 放於利(방어리): 이로움만 하다. 放, 依也.
▶ 不遠遊(불원유): 멀리 나가 놀지 않다.

제4과

한자어의 구조(3)

▶ 敍述語－副詞語 構造

서술어–부사어 구조는 서술어 뒤에 오는 말이 목적어가 아닌 장소나 위치를 나타내는 부사어인 경우이다. '歸家'는 '집에 돌아가다', '在職'은 '직장에 있다'는 의미로서 뒷말이 장소를 나타내는 부사어로 해석된다. '脫獄'은 '감옥에서 벗어나다', '乘車'는 '차에 오르다'의 뜻으로서 역시 서술어–부사어 구조이다.

▶ 縮約 構造

두 개 이상의 단어로 이루어진 한자어 복합명사에서는 그 구성성분이 되는 단어의 머리글자나 꼬리글자를 따서 짧은 단어로 만드는 축약 현상이 빈번히 일어난다. 축약 구조에는 '全經聯'(전국경제인연합회), '全敎組'(전국교직원노동조합), '韓總聯'(한국대학생총연합회), '金監院'(금융감독원)과 같이 머리글자를 딴 축약형이 대부분이나, '羅濟同盟'(신라–백제 동맹)'과 같이 꼬리글자를 딴 축약형도 있다.

21세기 대학생을 위한 漢字와 漢文

제5과

姜希孟 도둑 아들 이야기*

百姓 가운데 도둑질을 職業으로 삼는 者가 있어서 그 子息에게 技術을 다 가르쳤더니 도둑의 아들 亦是 그 재주를 自負하여 스스로 아버지보다 솜씨가 훨씬 뛰어나다고 생각했다. 도둑질을 할 때마다 아들은 아버지보다 반드시 먼저 들어가서 뒤에 나왔고, 가벼운 것은 버리고 무거운 것을 가졌으며, 귀는 먼 데서 나는 소리를 듣고 눈은 어두운 곳을 살필 수 있어서 여러 도둑들에게 稱譽를 받았다. 그래서 아들은 아버지에게 자랑하기를, "저는 技術이 아버지와 조금도 다름이 없고 힘은 아버지보다 強하니 이대로 가면 어찌 이루지 못함을 걱정하겠습니까?" 하였다. 아버지가 말하기를, "그렇지 않다. 智慧는 學成하는 것으로는 모자라고 自得을 해야 餘裕가 있는

* 원래의 제목은 「도자설(盜子說)」인데, 이 글은 강희맹(姜希孟)이 아들을 교육하기 위해 쓴 「훈자오설(訓子五說)」 중의 하나임.

法인데 너는 아직 그렇지 못하다." 하였다. 아들이 말하기를, "盜賊의 道는 財物을 많이 얻는 것으로 功을 삼는데 저는 아버지보다 功이 恒常 倍가 되고 더욱이 아직 나이가 젊기 때문에 아버지의 나이가 되면 마땅히 特別한 手段이 있게 될 것입니다." 하였다. 아버지가 말하기를, "그렇지 않다. 나의 도둑질하는 方法을 그대로 行하면 겹겹으로 된 城郭에도 들어갈 수 있고 隱密한 곳에 숨겨둔 寶物도 찾아낼 수 있다. 그러나 한 번 蹉跌이 생기면 禍敗가 따르기 마련이다. 痕迹이 없는 物件을 찾아내거나 臨機應變하면서도 흔들리지 않는 것과 같은 것은 自得이 있지 않고는 할 수가 없다. 너는 아직 그렇지 못하다." 하였다. 그러나 도둑의 아들은 들은 척도 하지 않았다.

도둑은 다음날 밤에 아들과 함께 한 富家에 이르러서 아들을 寶藏 속으로 들어가게 했다. 아들이 한창 寶物을 챙기고 있을 때, 도둑은 門을 닫고 자물쇠를 잠근 다음 擾亂하게 하여 主人에게 그 소리가 들리도록 하였다. 主人 집의 사람들이 도둑을 쫓고 돌아와 보니 자물쇠가 前처럼 잠겨 있어서 집 안으로 들어갔다. 도둑의 아들은 寶藏 속에 갇혀 있었으나 빠져나올 計策이 없었다. 그래서 손톱으로 나무를 긁어서 쥐가 갉아먹는 소리를 내었더니 主人이 말하기를, "쥐가 寶藏 속에서 物件을 毀損하고 있으니 내쫓아야겠다." 하고는 등불을 밝히고 자물쇠를 열어 살펴보려 할 때 도둑의 아들은 빠져나와서 逃亡하였다. 主人 집 사람들이 함께 쫓으니 도둑의 아들은 困窮하여 벗어날 수 없을 것 같다고 생각하여, 못 주위를 돌아 달아나다가 물에다 돌을 던졌다. 쫓던 사람들이 말하기를, "도둑놈이 물속으로 들어갔다." 하고 둘러싸고 찾는 틈을 타서 도둑의 아들은 그곳을 빠져나왔다. 집으로 돌아간 아들이 아버지를 怨望하며 말하기를, "짐승도 오히려 새끼를 庇護할 줄 알거늘 제가 무엇을 잘못하였다고 이처럼 不和합니까?" 하니 도둑은 말하기를, "지금부터 너는 마땅히 天下를 獨步하게 되겠구나. 무릇 사람의 技術이란, 남에게 배운 것은 그 分數가 有限하지만 자기 마음에서 얻은 것은 應用이 無窮하기 마련이다. 하물며 困窮하고 답답한 것이 사람의 뜻을 굳게 하고 사람의 心性을 鍛鍊하도록 하는 것임에랴? 내가 너를 窘塞하게 한 것은 너를 便安하게 하려고 한 것이고, 내가 너를 危險 속에 빠뜨린 것은 너를 救濟하려 한 까닭이다. 寶藏 속에 들어간 것과 急迫하게 쫓기는 患難이 있지 않았더라면 네가 어찌 쥐가 나무를 갉아먹는 소리를 내는 妙한 생각과 못에 돌을 던지는 奇拔한 꾀를 낼 수 있었겠느냐? 너는 窮地에 빠지자 智慧를 攄得하고 變을 當하게 되자 奇異한 計略을 내었구나. 마음이 한 번 열려서 다시는 迷惑되지 않으리니 너는 마땅히 天下를 獨步하게 될 것이다." 하였다. 뒷날 果然 天下에서 對敵하기 어려운 盜賊이 되었다.

盜賊은 凶惡한 術數이지만, 이것도 반드시 自得한 後에야 天下에서 對敵할 者가 없게 되었거늘 하물며 道德과 功名을 追求하는 士君子의 境遇에는 어떻겠는가? 代代로 높은 벼슬을 한 家門의 後孫이 仁義의 아름다움과 學問의 有益함을 알지 못하고, 제 몸이 顯達하면 妄靈되게도 앞 時代의 偉人에게 對抗하며 옛 功業을 無視한다. 그러나 이것은 바로 도둑의 아들이 아버지에게 뽐내던 때와 같다. 萬若 높은 자리를 辭讓하고 낮은 데에 있으며, 豪放함을 끊어 버리고 淡泊함을 사랑하며, 몸을 굽히고 學問에 뜻을 두며, 性理에 潛心하여 習俗에 휩쓸리지 않는다면 남과 對等할 수 있고 功名을 얻게 될 것이다. 써 주면 나아가고 버리면 숨어 살아 어디를 가도 이와 같지 않음이 없으리니, 그야말로 도둑의 아들이 窮地에 빠지자 智慧를 攄得하여 마침내 天下를 獨步할 수 있었던 것과 같다. 너도 이와 비슷하니 寶藏 속에 갇혀 쫓기던 때의 艱難에 處하게 됨을 꺼리지 말고 마음에 自得할 것을 생각해야 할 것이다. 輕忽히 하지 말라. (姜希孟, 『私淑齋集』, 「訓子五說」)

¤ 신출 한자 익히기

姜(강): 성(姓), 굳세다
跌(질): 넘어지다, 비틀거리다, 달리다
迹(적): 자취, 행적, 공적, 흔적, 소문, 걸음
庇(비): 덮다, 도움, 그늘, 의탁하다
窘(군): 막히다, 궁해지다, 닥쳐오다, 고생하다
攄(터): 펴다, 생각이나 말을 늘어놓다

蹉(차): 넘어지다, 때를 놓치다, 실패하다, 지나다
痕(흔): 흉터, 흔적, 자취, 발뒤꿈치
擾(요): 어지럽다, 흐려지다, 탁해지다
鍛(단): 쇠를 불리다, 숫돌, 포(脯), 건어(乾魚)
難(난): 어렵다, 재앙, 근심, 꾸짖다
艱(간): 어렵다, 어려워하다, 괴로워하다

<필자소개> 姜希孟(1424~1483): 朝鮮前期의 文臣. 문집으로 『私淑齋集』이 있고, 『村談解頤』·『衿陽雜錄』 등의 著書가 있다.

도리불언 하자성혜(桃李不言 下自成蹊)

『論語』에 "德이 있는 사람은 孤獨하지 않으며, 반드시 이웃이 있다(德不孤必有鄰)"고 하였다. 아무리 至尊의 임금일지라도 君主에 어울리는 덕을 갖추지 못한 사람에 대하여는 한낱 '獨夫'로 일컬었던 것이 우리 전통적 유교사회의 慣習이었다. 暴君의 대명사로 불리는 殷 나라 紂王에 대하여 '獨夫'라고 불렀다. 그런가 하면 德治를 한 임금에 대하여는 '聖君'이라는 이름으로 예찬하였다. 堯 임금 같은 이는 聖君의 典型이다. 그에 대한 歷史의 記錄을 보면, "인자하기가 하늘과 같고, 아는 것은 神과 같고, 나아가면 해와 같고, 바라보면 구름과 같다"고 하였다. 그가 거처하는 宮의 계단은 고작 흙으로 쌓은 석자 높이(土階三尺)였다.

德 있는 사람은 고독하지 않으며 반드시 이웃이 있게 마련이다. 여름날 큰 느티나무 그늘 아래 사람이 모여드는 것과 같은 이치이다. '桃李不言, 下自成蹊'라는 말도 이와 같은 경우를 두고 하는 말이다. 복숭아와 오얏은 스스로 불러 모으지 않아도 사람들이 그 열매의 단 맛에 이끌려 모여듦으로 어느덧 그 나무 아래에 지름길이 생긴다는 것이다. 곧 人格을 갖춘 사람은 자신이 애를 쓰지 않아도 사람들이 그 인격에 끌려 저절로 그 아래 모여들게 됨을 이른다. 덕을 갖추지 못한 君王을 '외로운 사나이'로 부른 옛 사람의 생각을 오늘날 爲政者들이 되새겨봄직 하다.

논어(論語)

子曰 知之者 不如好之者오 好之者 不如樂之者니라.

子曰 知者는 樂水하고 仁者는 樂山하나니 知者는 動하고 仁者는 靜하며 知者는 樂하고 仁者는 壽하니라.

子曰 夫仁者는 己欲立而立人하며 己欲達而達人이니라. <雍也篇>

【어구 풀이】

▶ 樂山樂水(요산요수): 樂; 좋아할 요. 산을 좋아하고 물을 좋아한다.
▶ 己欲達而達人(기욕달이달인): 자기가 달하고(이르고) 싶으면 자연히 남도 이끌어 같이 달하게 해준다. 達; 자기의 뜻한 바가 막히지 않고 잘 열려나감을 이름.

子曰 飯疏食飮水하고 曲肱而枕之라도 樂亦在其中矣니 不義而富且貴는 於我에 如浮雲이니라.

子曰 三人行에 必有我師焉이니 擇其善者而從之하고 其不善者而改之니라.

子는 釣而不綱하시며 弋不射宿이러시다. <述而篇>

子曰 吾未見好德이 如好色者也케라.

子曰 歲寒然後에 知松柏之後彫也니라.

子曰 知者는 不惑하고 仁者는 不憂하고 勇者는 不懼니라. <子罕篇>

【어구 풀이】

<述而篇>
▶飯疏食(반소사): 거친 밥 먹고. 疏: 멀 소 추할 소. 食: 밥 사. 먹을 식.
▶肱(굉): 팔꿈치.
▶射宿(사숙, 석숙): 잠자는 짐승을 쏘다. 쏠 사. 맞추어 취할 석.

<子罕篇>
▶後彫(후조): 늦게 시든다. 彫(조): 시들다, 물들다.

한자의 기초 이해(1)

[보충①] 漢字 字體의 變遷

고대 중국인들은 문자가 만들어지기 전에는 끈을 이용한 결승(結繩)이라든가 나무조각을 이용한 부절(符節) 등을 사용하였다. 이후 섬서성(陝西省) 반파(半坡)를 중심으로 앙소문화(仰韶文化) 시기에는 도문(陶文)이 출토되기도 하였다. 지금으로부터 약 3,500~3,800년 전 상(商)나라에서 점(占) 친 결과를 거북의 배딱지나 짐승의 뼈에 새겼는데, 이 '갑골문(甲骨文)'이 현존 최고(最古)의 한자이다. 갑골문은 최초의 한자라는 점에서도 의의가 있지만, 중국 고대문화사 연구에서 차지하는 비중 역시 매우 높다. 주(周)나라 사람들은 권위를 상징하는 청동기(靑銅器)의 내부에 문자를 새겨 넣었다. 이를 '금문(金文)'이라 부른다. 갑골문(甲骨文)에서 금문(金文)으로의 변화는 단순히 서사(書寫) 재료가 짐승뼈에서 청동기로 바뀌었다는 것 외에도 한자의 발전에 많은 영향을 끼쳤다.

대전(大篆)

1. 대전(大篆)과 소전(小篆)

진시황(秦始皇)은 전국을 통일한 뒤, 주(周)나라의 금문(金文)을 계승한 대전(大篆)을 토대로 소전(小篆)을 만들었다. 그리고 이것을 공용문자로 선포하여 중국 최초의 문자 개혁을 단행하였다. 이로써 '갑골문—금문—대전—소전'으로 중국 한자의 역사가 전개되게 되었다.

2. 예서(隸書)

소전(小篆)은 구불거리는 필획으로 글자를 쓰기가 어려웠고, 잘못 읽는 경우도 많았기 때문에 딱딱 끊어 써서 알아보기 쉬운 '예서(隸書)'가 탄생하게 되었다. '예(隸)'란 '노예' 또는 '하급관리'를 지칭하는 것으로 신분이 낮은 계층에서 또박또박 끊어 쓰는 예서(隸書)를 쓰고, 높은 신분의 사람들은 여전히 소전(小篆)을 썼기 때문에 붙여진 명칭이다. 한번 붓을 종이에 대었다가 떼어내는 횟수인 획(劃)의 개념이 처음 적용된 것이 예서(隸書)이며, 한자를 고문자와 금문자로 구분할 때, 금문자의 시작을 예서(隸書)부터로 삼는다.

예서(隸書)

3. 초서(草書)

붓으로 종이에 글자를 써야했기 때문에, 끊어 써서 필획의 양끝이 뭉툭했던 예서(隸書)는 글자를 빨리 쓰기에는 불편함이 있었다. 이에 딱딱한 예서(隸書)를 빠른 속도로 휘갈겨 쓰는 새로운 서체(書體), 초서(草書)를 만들어냈다. 그러나 초서(草書)는 빨리 쓴다는 장점이 있었지만, 글자를 알아보기 힘들다는 단점을 지니게 되었다. 초서(草書)는 언어를 기록하는 문자로서의 역할 외에 심미적인 만족감을 충족시키는 예술의 장르로 발전하게 되었다. 서예(書藝)의 시작인 것이다.

초서(草書)

李坤淳 / 陶隱明詩 90×200
LEE GON-SOON / Too Yun Myung's Poem

4. 해서(楷書)

예서(隷書)의 알아보기 쉽다는 장점과 초서(草書)의 빨리 쓸 수 있다는 장점을 결합하여 탄생한 서체(書體)가 해서(楷書)이다. 해서(楷書)는 위진남북조(魏晉南北朝) 시기에 서서히 등장하다가 당대(唐代)부터는 한자(漢字)의 가장 전형적이고 모범적인 서체(書體)가 되었다. 오늘날 우리가 사용하는 한자(漢字)는 해서(楷書)에 해당된다.

해서(楷書)

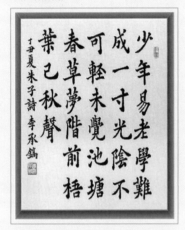

5. 행서(行書)

해서를 초서의 서법(書法)으로 쓴 행서(行書)가 등장하였다. 행서(行書)는 초서(草書)와는 달리 해서(楷書)를 빨리 휘갈겨 썼음에도 필획을 생략하지는 않았기 때문에, 초서(草書)처럼 알아보기 힘들지는 않았다. 행서(行書)는 해서(楷書)의 보조 서체(書體)로써 오늘날까지 즐겨 사용되고 있다.

행서(行書)

21세기 대학생을 위한 漢字와 漢文

제6과

閔泰瑗 **청춘예찬**

靑春! 이는 듣기만 하여도 가슴이 설레는 말이다. 靑春! 너의 두 손을 가슴에 대고, 물방아 같은 心臟의 鼓動을 들어 보라. 靑春의 피는 끓는다. 끓는 피에 뛰노는 心臟은 巨船의 汽罐과 같이 힘있다. 이것이다. 人類의 歷史를 꾸며 내려온 動力은 바로 이것이다. 理性은 透明하되 얼음과 같으며, 智慧는 날카로우나 匣 속에 든 칼이다. 靑春의 끓는 피가 아니더면, 人間이 얼마나 쓸쓸하랴? 얼음에 싸인 萬物은 얼음이 있을 뿐이다.

그들에게 生命을 불어넣는 것은 따뜻한 봄바람이다. 풀밭에 속잎 나고, 가지에 싹이 트고, 꽃 피고 새 우는 봄날의 天地는 얼마나 기쁘며, 얼마나 아름다우냐? 이것을 얼음 속에서 불러내는 것이 따뜻한 봄바람이다. 人生에 따뜻한 봄바람을 불어 보내는 것은 靑春의 끓는 피다. 靑春의 피가 뜨거운지라, 人間의 東山에는 사랑의 풀이 돋고, 理想의 꽃이 피고, 希望의 놀이 뜨고, 悅樂의 새가운다.

사랑의 풀이 없으면 人間은 沙漠이다. 오아시스도 없는 沙漠이다. 보이는 끝까지 찾아다녀도, 목숨이 있는 때까지 彷徨하여도, 보이는 것은 거친 모래뿐일 것이다. 理想의 꽃이 없으면, 쓸쓸한 人間에 남는 것은 零落과 腐敗뿐이다. 樂園을 裝飾하는 千紫萬紅이 어디 있으며, 人生을 豊富하게 하는 온갖 果實이 어디 있으랴?

理想! 우리의 靑春이 가장 많이 품고 있는 理想! 이것이야말로 無限한 價値를 가진 것이다. 사람은 크고 작고 간에 理想이 있음으로써 勇敢하고 굳세게 살 수 있는 것이다. 釋迦는 무엇을 爲하여 雪山에서 苦行을 하였으며, 예수는 무엇을 爲하여 曠野에서 彷徨하였으며, 孔子는 무엇을 爲하여 天下를 轍環하였는가? 밥을 爲하여서, 옷을 爲하여서, 美人을 求하기 爲하여서 그리하였는가? 아니다. 그들은 커다란 理想, 곧 滿天下의 大衆을 품에 안고, 그들에게 밝은 길을 찾아주며, 그들을 幸福스럽고 平和스러운 곳으로 引導하겠다는 커다란 理想을 품었기 때문이다. 그러므로 그들은 길지 아니한 목숨을 사는가 싶이 살았으며, 그들의 그림자는 千古에 사라지지 않는 것이다. 이것은 顯著하게 日月과 같은 例가 되려니와, 그와 같지 못하다 할지라도 蒼空에 반짝이는 뭇 별과 같이, 山野에 피어나는 群英과 같이, 理想은 實로 人間의 腐敗를 防止하는 소금이라 할지니, 人生에 價値를 주는 原質이 되는 것이다.

그들은 앞이 긴지라 着目하는 곳이 遠大하고, 그들은 피가 더운지라 實現에 對한 自信과 勇氣가 있다. 그러므로 그들은 理想의 보배를 능히 품으며, 그들의 理想은 아름답고 소담스러운 열매를 맺어, 우리 人生을 豊富하게 하는 것이다.

보라, 靑春을! 그들의 몸이 얼마나 튼튼하며, 그들의 皮膚가 얼마나 생생하며, 그들의 눈에 무엇이 타오르고 있는가? 우리 눈이 그것을 보는 때에, 우리의 귀는 生의 讚美를 듣는다. 그것은 雄大한 管絃樂이며, 微妙한 交響樂이다. 뼈끝에 스며들어가는 悅樂의 소리다. 이것은 피어나기 前인 幼少年에게서 求하지 못할 바이며, 시들어 가는 老年에게서 求하지 못할 바이며, 오직 우리 靑春에서만 求할 수 있는 것이다.

青春은 人生의 黃金時代다. 우리는 이 黃金時代의 價値를 充分히 發揮하기 爲하여, 이 黃金時代를 永遠히 붙잡아 두기 爲하여, 힘차게 노래하며 힘차게 躍動하자! (『別乾坤』 21호, 1929년)

¤ 신출 한자 익히기

閔(민): 성(姓), 가엽게 여기다, 근심하다, 걱정
瑗(원): 도리옥, 패옥(佩玉), 옥고리
汽(기): 김, 증기, 땅 이름
罐(관): 두레박, 항아리
匣(갑): 갑, 작은 상자
彷(방): 거닐다, 어정거리다
徨(황): 노닐다, 어정거리다
迦(가): 부처 이름 가, 막다, 만나다
曠(광): 밝다, 환하다, 들판, 황야, 비다, 공허하다
轍(철): 바퀴 자국, 흔적, 행적
膚(부): 살갗, 피부

<필자소개> 閔泰瑗(1894~1935): 小說家. 言論人. 號 牛步·富春山人. 동아일보 사회부장 등을 역임하고, 1918년 위고의 『레미제라블』을 『哀史』라는 제목으로 번안하였으며, 작품으로 『부평초』·『소녀』·『갑신정변과 김옥균』 등이 있다.

읍참마속(泣斬馬謖)

중국 三國시대 蜀 나라 諸葛孔明의 휘하에 馬謖이라는 신임받는 部下가 있었다. 魏 나라 군사와 싸울 때 공명은 마속으로 하여금 軍糧 수송로가 되는 街亭에서의 싸움에서 산기슭의 길을 사수하여 敵軍으로 하여금 다가오지 못하게 하였다. 마속은 軍令을 어기고 적을 끌어 들여 逆襲하려고 산 위에 진을 쳤다가 慘敗하여 촉 나라 군사가 漢中으로 전면 後退하게 되었다. 공명은 마속이 지난날에 세운 功勳이 있고, 또 자기와는 막역한 친우 馬良의 동생임에도 불구하고, 軍法을 어겨 패전한 데 책임을 물어 눈물을 흘리며 마속을 斬首하였다. 마속이 刑場에 끌려가는 것을 보고, 공명은 얼굴을 소매로 가리고 자리에 엎드려 울었다. 이것을 두고 '泣斬馬謖(울며 마속을 베다)'이라고 한다.

刑場으로 가는 마속도 공명에게 사죄의 글을 올려 그의 처사에 따르겠다는 뜻을 표하였고, 공명은 마속의 처자식을 평생토록 돌보았다고 한다. 공명은 사사로운 인정으로 公事를 그르치는 일을 하지 않았던 것이다. 그렇다고 그에게 人情이 없었다고 아무도 말하지 않는다. 마속조차도 공명의 고충과 처사를 이해하고, 그에게 尊敬의 뜻을 전하였던 터이다.

백성이 위임한 바 국가 대사를 맡아보는 사람은 스스로 '公人'임을 잠시도 잊어서는 안 될 것이다. 끈끈한 인정이나 사적인 정에 얽매어 보는 눈이 어두워져, 큰일을 망치는 일이 있어서는 안 된다. 공명의 '읍참마속'을 거울삼아 공사 처리에 光明正大해야 할 것이다. 그것이야말로 작은 人情을 버리고 大義를 天下에 밝히는 일이 될 것이기 때문이다.

논어(論語)

子曰 非禮勿視하며 非禮勿聽하며 非禮勿言하며 非禮勿動이니라.

齊景公이 問政於孔子한대 孔子對曰 君君臣臣父父子子니이다.

曾子曰 君子는 以文會友하고 以友輔仁이니라. <顏淵篇>

子曰 人無遠慮면 必有近憂니라.

子曰 君子는 疾沒世而名不稱焉이니라.

子貢이 問曰 有一言而可以終身行之者乎잇가 子曰 其恕乎인저 己所不欲을 勿施於人이니라.

子曰 吾嘗終日不食하며 終夜不寢하야 以思호니 無益이라 不如學也로다.
<衛靈公篇>

【어구 풀이】

<顏淵篇>
▶ 君君臣臣(군군신신): 임금은 임금다워야 하고 신하는 신하다워야 한다.
▶ 以友輔仁(이우보인): 벗으로서 인을 도움. 벗끼리 서로 인을 이루도록 도와줌.

<衛靈公篇>
▶ 疾沒世(질몰세)…: '疾'은 문장 끝 까지를 목적어로 취함. 疾: 싫어한다.
▶ 不如學(불여학): 배우는 것만 같지 못하다. 배우는 것이 더 낫다.

孔子曰 益者三友요 損者三友니 友直하며 友諒하며 友多聞이면 益矣요 友便辟하며 友善柔하며 友便佞이면 損矣니라.

孔子曰 君子有九思하니 視思明하며 聽思聰하며 色思溫하며 貌思恭하며 言思忠하며 事思敬하며 疑思問하며 忿思難하며 見得思義니라. <季氏篇>

【어구 풀이】

▶ 直(직): 剛直(강직)이란 뜻으로 不義를 그냥 보아 넘기지 못한 성격을 말한다. 이런 사람은 나의 잘못을 잘 말해 주므로 유익함.

▶ 諒(량): 진실하고 거짓이 없는 사람이다.

▶ 多聞(다문): 들어 아는 것이 많은 사람.

▶ 便辟(편벽): 便은 곧 잘한다는 뜻이요, 辟은 겉모습만 잘 다듬고 정직하지 못하다는 뜻이다.

▶ 善柔(선유): 주관없이 아무데로나 잘 넘어가는 유약한 사람을 말한다.

▶ 便佞(편녕): 입으로 말재주를 잘 부리는 사람을 말한다.

▶ 忿思難(분사난): 화가 나면 뒤에 더 어려워질 것을 생각하여 참으란 말임. 忿: 성낼 분.

한자의 기초 이해(2)

[보충②] 한자의 造字方法과 運用原理

한자는 육서(六書)의 원리로 만들어졌다. 육서란 상형(象形), 지사(指事), 회의(會意), 형성(形聲), 전주(轉注), 가차(假借)로서, 글자를 만들고 사용하는 여섯 가지 원리이다. 육서(六書)는 한자의 조자(造字) 당시부터 있었던 것이 아니라, 글자가 만들어진 후에 후대인들이 일정하게 축적된 한자들에서 귀납(歸納)된 원리(原理)를 연구·정리하여 여섯 가지로 나눈 것이다. 한자(漢字) 이해(理解)의 기초라고 할 수 있는 육서(六書) 중에서 자형(字形) 구조(構造)에 관계되는 것은 상형(象形)·지사(指事)·회의(會意)·형성(形聲)이다.

1. 상형(象形)

상형(象形)이란 주변에서 볼 수 있는 구체적인 사물의 형상을 본떠 만든 글자로, 사물의 정면(正面)·측면(側面) 등 실체를 취해 이를 형상화한 조자법(造字法)이다. 처음에는 사물의 형상과 같았던 상형자(象形字)가 시간의 경과에 따라 간략화 되어 자형(字形)이 변형되면서 원형과 거리가 멀어지게 되기도 하였다.

山·川·雨·火·人·耳·目·魚·龜·羊·馬·象·石·眉 등이 예이다. 한자 전체로 보면 약 2.5%의 한자가 이에 해당한다.

2. 지사(指事)

지사(指事)란 형상화할 수 없는 어떤 추상적인 개념을 상징적(象徵的)인 부호로 나타내는 조자법(造字法)이다. 지사자(指事字)에는 위치·수량·상태 등 지시성의 부호가 들어가 있는데, 상형(象形)에 따라 만들어진 요소에 부호가 첨가되어 있는 것을 포함시켜도 그 자수(字數)는 전체 한자의 약 0.5% 정도에 불과하다.

一·二·三·上·下·本·末·中·寸·尺 등이 예이다.

상형(象形)과 지사(指事)는 한자 형성의 원초적 단계로서, 회의(會意)·형성(形聲)의 복체자(複體字) 구조(構造)의 원소(元素) 기능을 한다. 자전(字典)의 부수(部首)를 이루고 있는 글자들이 모두 여기에 속한다.

3. 회의(會意)

회의(會意)란 두 글자 이상의 의미를 합쳐서 다른 새 글자를 만드는 것으로, A와 B라는 두 글자의 의미를 합쳐 AB라는 새로운 의미를 표현하는 것이다. 즉, 뜻과 뜻의 암시적(暗示的) 결합(結合)에 의해 제3의 다른 뜻을 나타낸 조자법(造字法)이다. 이렇게 새로 만들어진 AB라는 의미는 A나 B와 전혀 별개의 의미일 수 없고 일정한 연관성을 지니고 있다. 두 글자 이상 조합되었다는 점에서 형성(形聲)과 유사하지만, 해당 글자의 음과 관련 있는 요소가 없다는 점에서 다르다. 전체 한자의 3% 정도를 차지한다. 예를 보이면 다음과 같다.

林[木＋木→여러 그루의 나무→숲]
休[人＋木→사람이 나무에 기대어 그늘 아래서 쉼→쉬다]
解[刀＋牛＋角→칼로 소의 뿔을 가르다→풀다]

4. 형성(形聲)

형성(形聲)이란 두 글자 이상을 합해서 다른 새 글자를 만들되 그 중 어떤 글자는 의미를 나타내는 표의부(表意符)로서, 다른 어떤 글자는 음(音)을 나타내는 표음부(表音符)로서 결합해 만든 조자법(造字法)이다. 즉, 형성(形聲)은 A라는 글자에서 의미를 취하고 B라는 글자에서 소리를 취해 AB라는 글자를 만드는 것이다. 전체 한자의 90% 가량을 차지한다. 예를 보이면 다음과 같다.

村[木＋寸]→(左形右聲), 鳩[九＋鳥]→(右形左聲)
霜[雨＋相]→(上形下聲), 驚[敬＋馬]→(下形上聲)
固[口＋古]→(外形內聲), 聞[耳＋門]→(內形外聲)

위의 회의(會意)와 형성(形聲)은 한자 형성의 이차적(二次的) 단계로서, 기존 글자들이 합쳐져 만들어졌다는 점에서 복체자(複體字)로서의 구조상 공통성을 지닌다. 그런데 회의(會意)·형성(形聲) 두 가지를 겸유(兼有)하고 있는 글자가 많아 개별자(個別字)의 분속(分屬) 문제에 모호성이 있기도 하다. 예를 들면 「佳」字의 「圭」는 형성(形聲)의 표음부(表音符)이면서 동시에 「옥(圭)같이 곱다」는 뜻을 가지고 있는 것이 그것이다.

5. 전주(轉注)

전주(轉注)는 글자의 음이나 의미가 바뀌게 되자 본래 글자의 의미를 표현하기 위해, 원래의 의미와 같고 음이 비슷하며 글자의 형체도 관련 있는 글자를 만드는 것이다. 예를 들면, 본래 사람이 서로 '등지다'라는 뜻을 가진 '北'이 '북쪽'이라는 뜻으로 사용되자, 본래의 뜻을 나타내기 위해 사람 육체와 관련 있는 '月(육달월)'을 더하여 '등지다'(또는 '등')의 '背'를 만들었다. 이 때 '背'는 '北'의 전주자가 되는 것이다.

하지만 전주(轉注)의 정확한 개념에 대해서는 예로부터 지금까지 의견이 분분하고 일치된 결론을 내리지 못하고 있다. 전주(轉注)는 조자법(造字法)이 아니라 가차(假借)라는 운용법(運用法)이 만들어진 후 새로 생겨난 글자들과 그 이전에 존재하던 글자들과의 관계를 나타내는 것이라고 보는 것이 타당하다.

6. 가차(假借)

가차(假借)란 음(音)과 의미는 존재하는데 아직 형체가 만들어지지 않은 글자인 경우, 이미 존재하는 동음자를 빌려 그 의미를 나타내는 것이다. 가차(假借)는 단지 그 음(音)을 빌리는 것이며, 그 결과로서 얻어진 의미는 가차의(假借意)가 된다. 가차(假借)는 새로운 글자를 만들게 하는 인위적(人爲的) 자의(字義) 증식의 방식으로 두 글자 사이의 필연적인 의미 관계는 없다. 예를 들면 다음과 같다.

然(연·불타다)←그러나   耳(이·귀)←할 따름이다
來(래·보리)←오다   其(기·키)←그
西(서·새둥지)←서쪽   云(운·구름)←이르다
之(지·가다)←그것, ~의   而(이·턱수염)← ~하여, ~하나
自(자·코)←나   亦(역·겨드랑이)←또

21세기 대학생을 위한 漢字와 漢文

제7과

범려의 절개와 충성

現在 中國의 上海 近處에 있던 吳나라와 越나라는 不俱戴天의 怨讐之間이었는데 서로 復讐戰을 치르는 過程에서 臥薪嘗膽[1]이라는 말이 생겨났을 程度로 歷史的으로 有名한 나라들이다. 이 두 나라 중 越나라의 왕 句踐을 도와 吳나라를 滅亡시키고 越나라를 再建한 사람이 范蠡이다. 越나라 왕 句踐이 吳나라에게 敗하여 스스로 吳나라에 人質로 들어갈 때 范蠡는 句踐을 따라 吳나라에 들어가 온갖 受侮를 다 받는다. 句踐과 范蠡는 吳나라 왕의 大便까지 맛보며 病勢를 診斷하는 척하여 吳나라 王의 信任을 얻어 풀려났고, 刻苦의 努力 끝에 結局은 吳나라를 滅亡시켜 20餘年 間의 恥辱을 雪辱했다.

范蠡는 높은 職責에 任命되었으나 句踐의 사람됨이 어려울 때 모실 수는 있어도 太平盛世를 함께 누릴 수는 없을 것으로 보고 句踐에게 다음과 같이 辭意를 表明하였다.

"제가 듣기로는 王에게 근심이 있으면 臣下가 그 걱정을 덜어주기 위해 고달 프게 일해야 하고, 왕이 恥辱的인 일을 당하면 臣下는 卽時 죽어야 마땅하다고 했습니다. 主君²께서 吳나라에 人質로 계실 때 當하신 恥辱을 보고도 제가 죽지 않았던 것은 主君을 補佐하여 오나라에 復讐하기 위해서였습니다. 이제 오나라 를 滅亡시켜 雪辱을 하였으니 主君의 恥辱에 대한 臣下의 道理를 다하고자 합니 다. 死刑에 處해 주십시오."

句踐이 말하기를 "寡人³은 이 나라를 그대와 함께 나눠 統治할 생각이오. 내 命을 拒逆한다면 그대를 罰할 것이오."라고 하니 范蠡는 "主君께서 下命하시면 臣下는 그 뜻을 實行할 뿐이옵니다."라고 하였다. 그러나 范蠡는 그 길로 若干의 財物만 챙겨서 家率과 함께 배를 타고 越나라를 떠난 후 끝내 돌아가지 않았다.

미주

1_ 와신상담(臥薪嘗膽): 중국 춘추 시대 오나라의 왕 부차(夫差)가 아버지의 원수를 갚기 위하여 장작 더미 위에서 잠을 자며 월나라의 왕 구천(句踐)에게 복수할 것을 맹세하였고, 그에게 패배한 월나 라의 왕 구천이 쓸개를 핥으면서 복수를 다짐한 데서 유래한 말.

2_ 주군(主君): 신하가 왕을 호칭하는 말.

3_ 과인(寡人): 과덕지인(寡德之人: 덕이 부족한 사람이라는 뜻)의 준말로, 왕이 스스로를 일컫는 말.

¤ 신출 한자 익히기

戴(대): (머리에) 이다, 느끼다, 생각하다

讐(수): 원수, 대답하다, 갚다, 당하다

薪(신): 섶나무, 땔나무, 풀, 잡초, 나무하다

膽(담): 쓸개, 담력, 마음, 충심(衷心)

診(진): 보다, 엿보다, 맥을 보다, 진단하다

백락일고(伯樂一顧)

옛날 中國 땅에 말의 優劣을 잘 鑑別하기로 이름난 伯樂이라는 人物이 있었다. 하루는 어떤 사람이 백락을 찾아와 부탁을 하였다. "저에게 駿馬가 있어 이것을 팔려고 저자 거리에 내 놓고, 사흘을 기다렸으나 누구하나 흥정하려 들지를 않습니다. 부디 당신께서 나오셔서 한 번만 고개를 돌려 보아 주십시오. 그날 하루의 費用은 드리겠습니다."

백락은 그의 말을 받아들여 저자 거리에 나가 말의 둘레를 한 바퀴 돌아본 뒤 그 자리를 떠났는데, 도중에 고개를 돌려 한 번 다시 말을 되돌아보았다. 이 때문에 말의 값이 열 배로 뛰었다고 한다. 이를 일러 '伯樂一顧(백락이 한 번 뒤돌아본다)'라고 한다. 백락일고는 남의 인정을 받아 응분의 대우를 받는 것을 이르기도 하고, 훌륭한 군왕에게 재능을 인정받게 됨으로써 신하가 실력을 발휘할 수 있게 된다는 뜻으로도 쓰인다.

중국 전국시대에 楚 나라 땅에 卞和氏라는 이가 살았다. 어느 날 산에 갔다가 玉의 原石인 璞玉을 얻어, 이를 厲王에게 바쳤다. 왕은 그것을 옥 감정사에게 살펴보게 하였더니, "평범한 돌에 지나지 않습니다"라고 하였다. 왕은 변화씨가 자기를 능멸한 것으로 생각하여 그에게 형을 가하여 오른발 뒤꿈치를 잘랐다. 여왕이 죽은 뒤 변화씨는 다시 그 옥을 武王에게 바쳤으나, 그 결과는 마찬가지여서 이번에는 왼쪽 발 뒤꿈치를 잘리었다. 그 뒤 文王이 즉위하자 변화씨는 그 돌을 안고, 사흘 밤낮을 소리 내어 울었다. 왕이 이상하게 여겨 그 까닭을 물었다. 自初至終을 듣고 난 왕은 그 박옥을 工人에게 주어 갈고 닦게 하였다. 그랬더니 그것은 세상에서 보기 드문 훌륭한 寶玉이 되었다. 이것이 그 뒤 秦나라 昭王이 趙 나라 惠文王에게 열다섯 城과 바꾸기를 청했던 '和氏璧'이다.

천하의 아름다운 寶玉도 그 가치를 알아주는 사람을 만나지 않아서는 보옥 구실을 할 수가 없다. 여왕과 무왕은 보옥을 알아볼 눈이 없었던 까닭에 보옥을 눈앞에 두고도 평범한 돌로 밖에는 보지 않았다. 그러나 문왕은 같은 돌을 놓고도 그 안에 보옥의 자질을 꿰뚫어 볼 수 있었다. 참 가치를 알아보는 '눈'을 가진다는 것이 얼마나 중요한가는 더 말할 나위가 없을 것이다.

맹자(孟子)·중용(中庸)

1. 孟子

惻隱之心은 仁之端也요 羞惡之心은 義之端也요 辭讓之心은 禮之端也요 是非之心은 智之端也니라. 人之有是四端也는 猶其有四體也니 有是四端 而自謂不能者는 自賊者也요 謂其君不能者는 賊其君者也니라. 凡有四端 於我者를 知皆擴而充之矣면 若火之始然하며 泉之始達이니 苟能充之면 足 以保四海요 苟不充之면 不足以事父母니라. <公孫丑章句上>

居天下之廣居하며 立天下之正位하며 行天下之大道하여 得志하야는 與 民由之하고 不得志하여는 獨行其道하여 富貴 不能淫하며 貧賤이 不能移하 며 威武 不能屈이 此之謂大丈夫니라. <滕文公章句下>

【어구 풀이】

<公孫丑章句上>
▶ 惻隱(측은): 불쌍하게 여김.
▶ 羞惡(수오): 부끄러워함. 羞: 부끄러워할 수. 惡: 악할 악. 싫어할 오.
▶ 四體(사체): 팔 다리. 四肢
▶ 擴(확): 확장하다. 넓히다.
▶ 始然(시연): 然: 불탈 연.

<滕文公章句下>
▶ 富貴 不能淫(부귀 불능음): 富貴가 나의 마음을 방탕하게 할 수 없다. 淫은 정도에 지나친 것.
▶ 貧賤 不能移(빈천 불능이): 빈천이 나의 마음을 바꿀 수 없다.
▶ 威武 不能屈(위무 불능굴): 威武가 나의 뜻을 꺾을 수 없다.

2. 中庸

　天命之謂性이요 率性之謂道요 修道之謂敎니라. 道也者는 不可須臾離也니 可離면 非道也니라 是故로 君子는 戒愼乎其所不睹하며 恐懼乎其所不聞이니라.

　莫見乎隱이며 莫顯乎微니 故로 君子愼其獨也니라.

　喜怒哀樂之未發을 謂之中이요 發而皆中節을 謂之和니라. 中也者는 天下之大本也이요 和也者는 天下之達道也니라. 致中和면 天地位焉하며 萬物育焉하니라.　<一章>

【어구 풀이】

▶須臾(수유): 잠깐 사이.
▶莫見乎隱(막현호은): 은미한 것보다 더 드러나는 것이 없음. 見: 나타날 현. 乎: 보다.
▶中節: 절도에 맞음. 中: 맞을 중.
▶達道(달도): 통하는 도　達: 通也.

한자의 기초 이해(3)

[보충③] 部首法1

부수(部首)는 자형(字形)을 구조상(構造上)으로 분석(分析)하여 일정한 부류(部類)로 나눌 때 그 나뉜 부류에 공통되는, 따라서 그 부(部)를 대표하는 기본자(基本字)다. 해당자(該當字)의 구조(構造) 내에서 변·몸·머리·받침 등으로 위치해있는 이 부수(部首)는 상형(象形)·지사자(指事字)로서 해당자의 자의(字義)를 일정하게 한정해 두고 있기 때문에, 이 부수가 가진 형(形)·의(義)에 대한 정확한 인식은 해당 개별자의 형(形)·의(義)의 파악, 관련 한자의 연상(聯想), 확장 숙지에 큰 도움을 준다. 부수의 수는 역대(歷代)로 변동이 있었으나, 1615년 명나라 매응조(梅膺祚)의 『자휘(字彙)』에 이르러 214부수로 정리되어 오늘에 이르고 있다. 여기서는 그 본래의 형(形)·의(義)가 가려지기 쉬운 부수 몇 가지를 예시함으로써 부수에 대한 이해를 넓히려 한다.

大: 사람 모양을 象形했다. 「人」자가 側面 象形임에 대하여 「大」자는 四肢를 벌린 사람을 正面에서 본뜬 것이다. → 夫[大＋一(비녀 같은 머리 장식품을 뜻함)]·奔[大＋卉(본래 세 개의 발로 빠름을 표시)]

尸: ① 본래 人體가 가로 놓인 모양에서 특히 下半身이 강조된 상형. ② 집을 뜻하는「厂」·「广」의 變形. → ① 屍·尿. ② 層·屛[尸＋并(표음)→본래 門 앞에 친 작은 담장].

臣: 외눈의 상형으로, 이 부수자가 들어 있는 글자들의 뜻은 事物을 보는 일과 유관하다. → 臨·鑑·望(望).

自: 코의 상형. → 臭·嗅·息(숨).

欠: 사람이 입술을 벌리고 호흡하는 모양을 상형. → 歡·歌·飮·歃.

又: 사람의 오른손을 상형. → 受·及.

寸: 역시 사람의 손을 상형하되 특히 손목을 강조했다. 따라서 이 부수를 따른 글자들의 뜻도 직접·간접으로 손의 동작과 유관하다. → 導·尋.

爪(爫): 손가락으로 물건을 움키거나 긁는 동작을 가리킴. → 采(캐다)·爭·爲.

攴(攵): 「又」가 손의 상형이므로 이 부수를 따른 글자들의 뜻도 역시 당초에는 손의 동작과 유관하다. → 效(본래 바친다는 뜻)·赦(본래 손에서 놓는다는 뜻).

止: 윗부분은 발가락, 아랫부분은 발뒤꿈치를 상형했다. 따라서 이 부수를 따른 글자들의 뜻에는 발의 움직임과 유관한 것이 있다. → 歷·步.

彳: 본래 걸어가는 동작을 가리킨다. → 循·徐

卩: 본래 다리뼈의 마디를 상형한 글자다. 그래서 이 부수를 따른 일부 글자들의 뜻은 다리나 다리의 동작과 유관하다. → 卻(却, 물러나다)·卽[皀(음식물)＋卩 → 본래 사람이 음식물 앞에 나아가서 꿇어앉아 음식을 먹는 동작 → 나아가다].

行: 본래 네거리를 본뜬 글자다. → 街·衢

21세기 대학생을 위한 漢字와 漢文

제8과

부동산 임대차 계약서

* 한국공인중개사협회의 계약서 양식을 한자로 표기한 것임.

☐ 傳貰   ☐ 月貰

賃貸人과 賃借人 쌍방은 아래 表示 不動産에 관하여 다음 契約內容과 같이 賃貸借契約을 締結한다.

1.不動産의 表示

소 재 지				
토 지	지 목		면적	㎡
건 물	구조·용도		면적	㎡
임대할 부분			면적	㎡

2. 契約內容

제 1 조 (목적) 위 不動産의 賃貸借에 한하여 賃貸人과 賃借人은 合意에 의하여 賃借保證金 및 借賃을 아래와 같이 支拂하기로 한다.

보증금	금			원정 (₩	)
계약금	금	원정은 契約 시에 支拂하고 領收함. 領收者(			㉑)
중도금	금	원정은	년	월	일에 支拂하며
잔 금	금	원정은	년	월	일에 支拂한다.
차 임	금	원정은	년	월	일에 支拂한다.

제2조 (**存續期間**) 賃貸人은 위 不動産을 賃貸借 目的대로 使用·收益할 수 있는 狀態로 _____년 ____월 ____일까지 賃借人에게 引渡하며, 賃貸借 기간은 引渡日로 부터 _____년 ____월 ____일까지로 한다.

제3조 (**用途變更** 및 **轉貸** 등) 賃借人은 賃貸人의 同意없이 위 不動産의 用途나 構造를 變更하거나 轉貸·賃借權 讓渡 또는 擔保提供을 하지 못하며 賃貸借 목적 이외의 用途로 使用할 수 없다.

제4조 (**契約**의 **解止**) 賃借人이 계속하여 2회 이상 借賃의 支給을 延滯하거나 제3조를 違反하였을 때 賃貸人은 즉시 본 契約을 解止할 수 있다.

제5조 (**契約**의 **終了**) 賃貸借契約이 終了된 경우에 賃借人은 위 不動産을 원상으로 回復하여 賃貸人에게 返還한다. 이러한 경우 賃貸人은 保證金을 賃借人에게 返還하고, 延滯 賃貸料 또는 損害賠償金이 있을 때는 이들을 除하고 그 殘額을 返還한다.

제6조 (**契約**의 **解除**) 賃借人이 賃貸人에게 中渡金(中渡金이 없을 때는 殘金)을 支拂하기 전까지, 賃貸人은 契約金의 倍額을 償還하고, 賃借人은 契約金을 抛棄하고 이 契約을 解除할 수 있다.

제7조 (**債務不履行**과 **損害賠償**) 賃貸人 또는 賃借人이 본 契約上의 內容에 대하여 不履行이 있을 경우 그 상대방은 不履行한 자에 대하여 서면으로 催告하고 契約을 解除할 수 있다. 그리고 契約 당사자는 契約解除에 따른 損害賠償을 각각 상대방에 대하여 請求할 수 있으며, 損害賠償에 대하여 별도의 約定이 없는 한 契約金을 損害賠償의 基準으로 본다.

제8조 (**仲介手數料**) 不動産仲介業者는 賃貸人과 賃借人이 본 契約을 不履行함으로 인한 責任을 지지 않는다. 또한, 仲介手數料는 본 契約締結과 동시에 契約 당사자 쌍방이 각각 支拂하며, 仲介業者의 故意나 過失없이 본 契約이 無效·取消 또는 解約되어도 仲介手數料는 支給한다. 共同仲介인 경우에 賃貸人과 賃借人은 자신이 仲介 依賴한 仲介業者에게 각각 仲介手數料를 支給한다.(仲介手數料는 去來價額의 _____%로 한다.)

제9조 (**仲介對象物確認·說明書 交付** 등)仲介業者는 仲介對象物 確認·說明書를 작성하고 業務保證關係證書(控除證書등) 寫本을 添附하여 ____년 ____월 ____일 去來當事者 쌍방에게 交付한다.

特約事項

_____

_____

_____

_____

　본 契約을 證明하기 위하여 契約 當事者가 異議 없음을 確認하고 각각 署名·捺印 후 賃貸人, 賃借人 및 仲介業者는 매 장마다 間印하여야 하며, 각 1통씩 保管한다.

년　　　　　월　　　　　일

임대인	주　　소						㊞
	주민등록번호			전　　화		성명	
	대 리 인	주소		주민등록번호		성명	
임차인	주　　소						㊞
	주민등록번호			전　　화		성명	
	대 리 인	주소		주민등록번호		성명	
중개업자	사무소소재지			사무소소재지			
	사 무 소 명 칭			사무소명칭			
	대　　표	서명·날인	㊞	서명·날인			㊞
	등 록 번 호		전화	등록번호		전화	
	소속공인중개사	서명·날인	㊞	서명·날인			㊞

¤ 신출 한자 익히기

締(체): 맺다, 울적해지다, 닫다
賠(배): 물어주다, 배상하다
渡(도): 건네다. 통하다
抛(포): 던지다, 내버리다, 전거(戰車)
控(공): 당기다, 아뢰다, 던지다
捺(날): 누르다, 찍다, 파임

마부위침(磨斧爲針)

중국 당나라 시인 李白이 일찍이 젊은 시절에 象宜山에 들어가 讀書한 일이 있었다. 산 속에서 글만 읽는 생활이 따분하였는지 그는 중도에서 글 읽기를 斷念하고 책을 싸들고 산을 내려왔다. 산을 내려와 집으로 가던 이백은 작은 시내를 건너다가 냇가 큰 바위에서 굵은 쇠공이를 갈고 있는 老婆를 보았다. 궁금하게 생각한 이백은 노파에게 그 까닭을 물었다. 노파는 쇠공이를 갈아서 바늘을 만들 작정임을 말했다. 이 말을 듣는 순간 이백은 노파의 끈기에 충격에 가까운 감명을 받았다. 돌이켜 하잘 것 없는 이유로 중도에서 독서를 포기하고 산을 내려온 자신이 그지없이 초라하고 한심하게 여겨졌다. 이백은 그 길로 발길을 돌려 다시 산으로 들어가 하던 공부를 계속하여 마쳤다. 노파의 성은 武氏로 그녀가 쇠공이를 갈던 바위를 武氏岩이라 불러 온다고 했다. 쇠공이를 갈아 바늘을 만들려고 한 노파의 일을 두고, '磨斧爲針'이라고 일러 온다. 이 말은 이루기 힘든 일 일지라도 끊임없이 努力하면 성공할 날이 반드시 오게 된다는 敎訓을 담고 있다.

형제투금(兄弟投金)·백결선생(百結先生)

1. 兄弟投金

高麗恭愍王時에 有民兄弟偕行이라가 弟得黃金二錠하여 以其一與兄하고 至孔岩津하여 同舟而濟라가 弟忽投金於水하니 兄怪而問之한대 答曰 吾平日愛兄篤이러니 今而分金에 忽萌忌兄之心하니 此乃不祥之物也라 不若投諸江而忘之라하니 兄曰 汝言誠是라 하고 亦投金於水하다. 『新增東國興地勝覽』

【어구 풀이】

▶ 錠(정): 덩이, 알.
▶ 不若投諸江而忘之(불약투저강이망지): 강물에 그것을 던져서 잊어버림만 같지 못하다.
　諸: 之於.

2. 百結先生

　新羅慈悲王時에 有百結先生者하니 居狼山下하고 家貧衣百結이라 故로
人號謂東里百結先生이라 常以琴自隨하고 凡喜怒哀樂이 有怫于心者면 必
於琴宣之라 歲暮에 隣里春粟하여 爲迎歲之資어늘 其妻無粟可春하여 聞之
竊歎하니 先生曰 死生有命하고 富貴在天하니 來不可拒요 往不可追니 庸何
傷乎아 하고 乃鼓琴作杵聲하여 以慰之하니 世傳碓樂이 是也라.『東史綱目』

제 8 과

【어구 풀이】

▶以琴自隨(이금자수): 거문고를 자신의 몸에 지니고 다님.
▶怫(불): 끓어오름.
▶春粟(용속): 곡식을 방아 찧다.
▶竊歎(절탄): 몰래 탄식하다.
▶庸何(용하): 어찌.
▶碓樂(대악): 방아타령

한자의 기초 이해(4)

[보충④] 部首法2

阜(左阝): 층단을 밟아 올라갈 수 있는, 위가 평평한 土山을 상형했다. 따라서, 이 부수를 따른
　　글자들의 뜻은 일반적으로 산이나 높이 솟은 흙 둔덕과 유관하다. → 阿(산비탈)·險.

邑(右阝): 古代의 작은 城市를 가리킴. → 都·鄙(中央에서 먼 시골지방)·郭(外城).

宀: 房屋·居住와 유관하다. → 家·宇·官(본래는 官衙)

广: 역시 房屋과 유관하다. → 廟·府(본래는 錢財를 쌓아 두는 곳간)·廢(본래는 房屋이 허물어져
　　쓸모없이 된다는 뜻).

巾: 이 부수를 따른 글자들의 뜻은 대부분 織物과 유관하다. → 布(삼베·칡베)·帛(실로 짠 직물
　　의 총칭)·幣(禮物로 보내는 帛).

斤: 본래 나무를 쪼개는 자루 있는 도끼를 상형한 글자로서, 날카로운 연장이나 그것을 쓰는
　　행위를 뜻하여 「刀」자와 의미상 서로 통한다. → 析·斷.

瓦: 질그릇, 즉 土製器物의 총칭. 「缶」도 역시 질그릇의 일종으로 부수가 되어 兩者는 의미상
　　왕왕 상통한다. → 瓶·缺(본래는 질그릇의 이가 빠졌다는 뜻).

皿: 음식을 담는 容器를 상형. → 益[皿+水 → 그릇 위로 물이 넘쳐남 → 더욱]·盛[皿+成(표음)
　　→ 담다].

歹(歺): 앙상한 뼈의 상형. 따라서 이 부수를 따른 대다수 글자들의 뜻은 죽음·殺傷·危急 등에
　　관련되어 있다. → 死[歹+人]·殘[歹+戈(창)+戈 → 殺傷하다]·殆[歹+台(표음)]·殉[歹+旬
　　(표음)].

示·礻: 「示」(기)는 땅(二)에 流動 充滿하여 만물을 내는 어떤 기운(川)으로서 地神을, 「礻」(시)는
　　위(二)로부터 아래로 드리워 보여 吉凶을 암시하는 어떤 현상(小, 아래로 드리워 보이는 日·
　　月·星의 異變이라고도 함)으로써 위에 있는 어떤 神明을 뜻한다 함. 따라서, 이 부수에 따른
　　대부분의 글자들은 神에 관련되는 뜻을 가지고 있다. → 社(땅귀신)·祀(제사)·祈(빌다)·祝
　　(빌다)·祭(제사)·禍·福.

竹: 종이와 붓이 없던 고대에는 대쪽에다 칼로 새겨 기록을 했다. 그래서, 이 부수를 따른 많은
　　글자들의 뜻은 文字를 記載하는 일과 관련을 가지고 있다. → 篇·簿·箋·籍·簡(기록에 쓰는
　　대쪽, 편지)·策(엮은 竹簡)

貝: 본래 조개의 상형이나 古代에는 조개껍질로 화폐를 삼아 썼기 때문에 이 부수를 따른 글자
　　들은 財物·賣買와 유관한 뜻을 가진 것이 대부분이다. → 財·貨·賣·買·賈·購·貧·貪·費·貴·賤·
　　貫(돈꿰미).

21세기 대학생을 위한 漢字와 漢文

제9과

온달 이야기

溫達은 高句麗 平岡王-[1] 때의 사람이다. 얼굴이 험악하고 우스꽝스럽게 생겼지만 마음씨는 밝았다. 집안이 몹시 가난하여 늘 밥을 빌어 어머니를 奉養하였으며, 떨어진 옷과 신발을 걸치고 市井間을 往來하니 當時 사람들이 그를 '바보 온달'이라고 불렀다.

평강왕의 어린 딸이 잘 울었으므로 왕이 弄談으로 "너는 恒常 울어대며 내 귀를 시끄럽게 하니, 커서 틀림없이 士大夫의 아내가 되지 못하고 '바보 온달'에게 시집가야 되겠다." 하였다. 왕은 딸이 울 때마다 이런 말을 하였다.

딸의 나이 16歲가 되어 왕이 딸을 上部 高氏에게 시집보내려고 하니 公主가 對答하기를 "大王께서 늘 '너는 반드시 온달의 아내가 되리라.'고 하셨는데, 오늘 무슨 까닭으로 前日의 말씀을 바꾸십니까? 匹夫도 食言을 하려고 하지 않는데 하물며 至尊이야 말할 것이 있겠습니까? 그러므로 '왕은 농담을 하지 않는다.'고 하는 것입니다. 이제 대왕의 命令이 잘못되었으므로 저는 敢히 받들지 못하겠습니다." 하니 왕이 화를 내어서, "네가 내 말을 듣지 않는다면 참으로 내 딸이 될 수 없다. 어찌 함께 살 수 있겠느냐? 네가 가고 싶은 곳으로 가는 것이 좋겠다." 하였다.

이에 公主는 寶物 팔찌 數十個를 팔꿈치에 걸고 宮闕을 나와 혼자 길을 떠났다. 길에서 한 사람을 만나 온달의 집을 물어서 찾아갔다. (中略) 공주는 혼자 돌아와 사립문 밖에서 자고, 이튿날 아침에 다시 들어가서 母子에게 仔細한 事情을 이야기하였다. 온달이 우물쭈물하며 決定을 내리지 못하고 있으니, 그의 어머니가 "내 子息은 鄙陋하여 貴人의 짝이 될 수 없고, 내 집은 몹시 가난하여 정말로 귀인이 居處할 수 없습니다." 하였다. 공주가 對答하기를, "옛 사람의 말에 '한 말의 穀食만 있어도 방아를 찧을 수 있고, 한 자의 베만 있어도 꿰맬 수 있다.'고 하였으니 萬一 서로 마음만 맞는다면 어찌 반드시 富貴해야만 같이 살겠습니까?" 하였다. 말을 마치고 나서 공주가 금팔찌를 팔아서 田地·住宅·奴婢·牛馬·器物 등을 사들이니 살림 用品이 모두 具備되었다.

처음 말을 살 때 공주가 온달에게, "부디 市場의 말을 사지 말고, 꼭 國馬를 選擇하되, 病들고 파리해서 내다파는 것을 사오도록 하시오" 하니 온달은 그 말대로 말을 사왔다. 公主가 부지런히 말을 기르니 말은 나날이 살찌고 健壯해졌다. 고구려에서는 늘 봄 3월 삼짇날을 期하여 樂浪[2] 언덕에 모여서 사냥을 하고, 거기에서 잡은 돼지와 사슴으로 하늘과 山川의 神靈에게 祭祀를 지냈다. 그 날이 되어 왕이 사냥을 나가는데 여러 臣下와 五部의 軍士들이 모두 隨行하였다. 이때 온달도 自己가 기르던 말을 타고 隨行하였는데, 그는 恒常 앞장서서 달리고 또 捕獲한 짐승도 많아서 다른 사람이 그를 따를 수 없었다. 왕이 불러서 姓名을 듣고는 놀라며 奇異하게 여겼다.

이때 後周의 武帝가 군사를 出動시켜 遼東[3]을 攻擊하자 왕은 군사를 거느리고 拜山[4] 들에서 맞아 싸웠다. 그때 온달이 先鋒將이 되어 勇敢하게 싸워 수십여 명의 목을 베니, 여러 군사들이 이 氣勢를 타고 공격하여 大勝하였다. 功을 論議할 때 온달을 第一이라고 여기지 않는 사람이 없었다. 왕이 그를 嘉尙히 여기어 感歎하기를 "이 사람은 내 사위다."라고 하고, 禮를 갖추어 그를 迎接하고 그에게 爵位를 주어 大兄[5]으로 삼았다. 이로부터 그에 대한 왕의 恩寵이 더욱 두터워졌으며, 威風과 權勢가 날로 盛하여졌다.

陽岡王[6]이 즉위하자 온달이 아뢰기를, "지금 新羅가 우리의 漢江 以北 地域을 차지하여 自己들의 郡縣으로 만들었으므로, 그곳의 百姓들이 痛歎하며 父母의 나라를 잊은 적이 없습니다. 바라옵건대 대왕께서 저를 어리석고 不肖하다고 여기지 않고 군사를 내어 주신다면 單番에 우리 땅을 도로 찾겠습니다." 하니, 왕은 이를 許諾하였다. 길을 떠날 때 그는 盟誓하기를, "鷄立峴[7]과 竹嶺[8] 서쪽의 땅을 우리에게 歸屬시키지 않으면 돌아오지 않겠습니다." 하였다. 그는 드디어 進擊하여 阿旦城[9] 아래에서 新羅軍과 싸우다가, 날아오는 화살에 맞아 戰死하였다. 그를 葬事지내려 하였으나 靈柩가 움직이지 않았다. 공주가 와서 棺을 어루만지면서 "死生이 이미 決定되었으니, 아아! 돌아가소서!"라고 하고는 마침내 靈柩를 들어서 下棺하였다. 대왕이 이 消息을 듣고 悲慟해 하였다. (金富軾,『三國史記』,「溫達傳」)

미주

1_ 평강왕(平岡王): 고구려(高句麗)의 제25대 왕(王).

2_ 낙랑(樂浪): 지금의 평안도 지방을 일컫던 말.

3_ 요동(遼東): 요하(遼河)의 동쪽 지역. 지금의 요녕성(遼寧省) 동부와 남부 지역임.

4_ 배산(拜山): 요동(遼東) 땅에 있는 산 이름.

5_ 대형(大兄): 고구려의 벼슬 이름.

6_ 양강왕(陽岡王): 고구려의 제26대 왕.

7_ 계립현(鷄立峴): 경상도 문경에 있는 고개 이름.

8_ 죽령(竹嶺): 경상도 영주와 충청도 단양 사이에 있는 고개 이름.

9_ 아단성(阿旦城) 또는 아차성(阿且城): 고구려의 산성(山城) 이름.

¤ 신출 한자 익히기

岡(강): 산등성이, 언덕   闕(궐): 대궐 문/ 仔(자): 자세하다, 견디다, 새끼

鄙(비): 다랍다, 인색(吝嗇)하다. 어리석음, 천하게 여기다

陋(루): 좁다, 낮다   瘦(수): 파리하다, 여위다, 마르다

瘠(척): 파리하다, 여위다, 뼈대가 굵다, 살이 썩다   遼(요): 멀다, 늦추다, 느슨하게 하다.

鋒(봉): 칼끝, 병기(兵器)의 날, 물건의 뾰족한 끝, 첨단

寵(총): 괴다, 사랑하다, 은혜, 첩   柩(구): 널, 사람의 시체를 넣은 상자

棺(관): 널, 관(棺), 입관(入棺)하다   慟(통): 서럽게 울다, 큰 소리로 울며 슬퍼하다

<필자소개> 金富軾(1075~1151): 高麗 中期의 儒學者·歷史家·政治家·文學家. 門下侍中을 지내고, 『三國史記』를 編纂함.

우공이산(愚公移山)

세상 사람들이 그를 어리석다 하여 '愚公'이라 부른 사람이 있었다. 『列子』에 보면, 우공의 나이 아흔에 자신의 거처 북쪽에 가로막고 있어 불편한 산을 헐어서 옮기기로 작정하였다. 그리하여 식구들을 모아 의논한 끝에 돌을 깨고 흙을 무너뜨려 들것에 담아 발해로 날아갔다. 워낙 거리가 멀어서 추위와 더위가 절기를 바꿀 동안 겨우 한번 갔다 왔다.

어떤 사람이 우공에게 웃으며 말려 말하기를, "어쩌면 당신은 그렇게도 어리석소? 노년에 그 기력으로 산의 한 귀퉁이인들 헐어낼 법이나 하오! 그 많은 흙과 돌을 어쩌겠다는 것이오?"라 하였다. 그래도 우공의 결심은 변하지 않았다. "이 일을 하다가 중도에서 내가 죽더라도 내 아들이 있어서 할 것이요, 아들은 손자를 낳을 것이요, 손자 또한 자식을 낳을 것이니, 이렇게 子子孫孫 끊이지 않고 대를 이어 이 일을 해 나간다면 언젠가는 성공할 날이 올 것이 아니겠소? 그리고 산은 결코 불어나지는 않을 것이니 어찌 산 옮길 일을 근심하겠소?" 우공의 한결같은 정성에 깊이 감동한 天帝는 사람을 보내어 우공을 도와 산을 옮겨 주었다고 한다.

학문(學問)·인욕이대(忍辱而待)

1. 學問

人生斯世에 非學問이면 無以爲人이니 所謂學問者는 亦非異常別件物事也라 只是爲父當慈하고 爲子當孝하고 爲臣當忠하고 爲夫婦當別하고 爲兄弟當友하고 爲少者當敬長하고 爲朋友當有信하여 皆於日用動靜之間에 隨事各得其當而已이오 非馳心玄妙하여 希覬奇效者也니라. 『擊蒙要訣』

【어구 풀이】

▶別件(별건): 특별한 것의.
▶馳(치): 달릴 치.
▶覬(기): 넘겨다볼 기.
▶奇效(기효): 기이한 효과.
▶擊蒙要訣(격몽요결): 조선 선조 때 栗谷이 아동교육교과서로 엮은 책.

2. 忍辱而待

尹淮少時에 有鄕里之行할새 暮投逆旅러니 主人不許宿하니 坐於庭畔이라 主人兒가 持大眞珠出來라가 落於庭中하니 旁有白鵝하여 卽呑之라 俄而主人이 索珠不得하고 疑公竊取하며 縛之하고 朝將告官이나 公不與辯하고 只云 彼鵝亦繫吾傍하라 하다 明朝에 珠從鵝後出하니 主人慚謝曰 昨何不言고 하니 公曰 昨若言之면 則主人必剖鵝覓珠라 故로 忍辱而待라 하다.

『燃藜室記述』

【어구 풀이】

▶暮投逆旅(모투역려): 날이 저물어 여관에 투숙하다. 逆旅: 나그네를 맞이하는 곳, 여관.
▶白鵝(백아): 흰 거위.
▶呑之(탄지): 그것을 삼키다. 주워 먹다.
▶俄而(아이): 조금 있다가.
▶剖鵝覓珠(부아멱주): 거위를 해부하여 구슬을 찾다.

한자의 기초 이해(5)

[보충⑤] 漢字語의 構造(1)

▶ 漢字語 接辭

한자 중에는 국어에서 접두사나 접미사처럼 인식되어 새로운 단어 형성에 매우 생산적으로 사용되는 것들이 있다. 먼저 접두사의 예를 살펴보면, '生果', '生栗'에서의 '生'은 '익지 아니한'의 의미를 가지는 수식어-피수식어 구조인데 이러한 용법의 '生'은 현대 한국어에서 생산적인 접두사로 발달하였다. '生'은 '生감자', '生고구마'에서는 '익히지 않고 날 것인'의 의미로 쓰이고, '生맥주', '生우유'에서는 '가공하지 않은'의 의미로 쓰이며 '生오징어', '生고기' 등에서는 '얼리거나 말리지 않은'의 의미로 사용된다. 이렇게 접두사로 발달한 한자어에는 '親, 洋, 媤, 外, 唐' 등이 있다(親兄弟, 洋배추, 媤누이, 外三寸, 唐나귀).

한편 '的, 性, 化' 등은 국어에서 접미사의 기능을 발휘한다. '科學的', '確實性', '民主化'의 예를 들 수 있다. 이러한 한자어 접미사는 신조어를 만들어내는 데에 활발하게 참여한다. 한자어 어기(語基)는 물론이고, 고유 명사, 외래어, 고유어에 두루 붙을 수 있는 점이 특징적이다. '동키호테的', '캠페인性', '디지털化' 등의 예가 있다.

21세기 대학생을 위한 漢字와 漢文

제10과

마크 뷰캐넌 **여섯 다리만 건너면**

1998년 겨울의 어느 날 美國 뉴욕에 있는 코넬 大學의 數學者 던컨 와츠(Duncan Watts)[*]는 스티브 스트로가츠(Steve Strogatz)[**]의 研究室에서 함께 머리를 맞대고 앉아 종이 위에 點을 찍고 있었다. 두 사람은 그 點들을 線으로 連結해서 數學者들이 그래프라고 부르는 單純한 패턴을 만들어냈다. 여기까지만 들어서는 대단히 眞摯한 數學的 研究에 沒頭하고 있었던 것 같지는 않다. 어떤 대단한 發見이 保障된 確實한 方法 같지도 않다. 그러나 이 두 사람은 以前의 어느 數學者도 想像하지 못한 獨特한 方式

---

[*] 던컨 와츠(Duncan Watts): 컬럼비아 대학교 사회학과 부교수이자, 산타페 연구소의 외래연구원이다. 이론 및 응용동역학을 전공했으며 물리학과 사회학의 여러 저널에 논문을 발표하였다.

[**] 스티브 스트로가츠(Steve Strogatz): 하버드 대학교에서 박사학위를 받고 1994년부터 코넬대 응용수학과 교수로 재직하고 있다. 카오스와 복잡계 이론 분야에 뛰어난 업적을 남겼으며 미국 뉴욕주 이타카에서 살고 있다.

으로 점들을 연결했고, 그 過程에서 偶然히 前例를 찾아볼 수 없는 그래프를 만들어냈다.

와츠와 스트로가츠는 세상살이의 神奇한 수수께끼를 풀어보려고 하던 중에 이런 그래프를 完成하게 되었는데, 그것은 1960년대에 미국의 心理學者 스탠리 밀그램(Stanley Milgram)의 實驗을 통해 本格的으로 알려지게 된 수수께끼였다. 밀그램은 우리가 살아가는 社會共同體, 즉 커뮤니티를 構成하는 人間과 人間 사이의 거미줄 같은 聯關 關係를 眺望해 보고자 했다. 이를 위한 實驗에서 밀그램은 네브래스카와 캔자스에 居住하는 사람들을 無作爲로 選定한 다음, 보스턴에 사는 자신의 株式仲介人 친구에게 傳達해 달라며 便紙를 보냈다. 그런데 정작 그 친구의 住所는 밝히지 않았다. 그는 被驗者들에게 個人的으로 아는 사람들 중에서 그 株式仲介人과 社會的으로 '더 가까울' 것 같은 사람에게 便紙를 傳達하라고 付託했다. 大部分의 편지는 結局 보스턴에 사는 그 친구의 손에 들어갔다. 그런데 여기서 더 놀라운 것은 傳達의 速度였다. 대부분의 便紙는 消印을 수백 번 바꿔 찍은 게 아니라 여섯 번 남짓한 段階만에 株式仲介人에게 到着했다. 미국에만 2억 6,000명 이상이 살고 네브래스카나 캔자스가 社會的인 意味에서 모두 보스턴과 相當한 距離를 維持하고 있음을 떠올려 본다면 대단히 놀라운 結果가 아닐 수 없다. 밀그램의 이 實驗은 곧 有名해졌고 "여섯 段階의 分離(Six degrees of Separation)"라는 新造語를 流行시켰다. 극작가 존 궤어(John Guare)는 이 아이디어에 着眼하여 같은 이름의 戲曲을 發表하기도 했다. "지구상의 모든 사람들은 여섯 다리만 건너면 누구와도 連結된다. 미국의 大統領도, 베니스에서 곤돌라를 모는 沙工도…. 이름만 들으면 누구나 아는 그런 巨物만이 아니라, 熱帶 雨林에 사는 原住民도, 티에라 델 푸어고에 사는 사람이나 에스키모들도 모두 마찬가지이다. 나는 여섯 사람의 고리로 世上 모든 사람들과 연결되어 있다. 이는 대단히 深遠한 생각이다."

와츠와 스트로가츠는 바로 이 수수께끼를 풀어보고자 했다. 사람이 하나의 點이고 그 점 사이를 연결하는 線은 顔面을 통해 생겨나는 關係라고 생각한다면, 우리가 사는 이 世上은 하나의 그래프로 나타낼 수 있다. 그렇게 몇 달 동안 와츠와 스트로가츠는 이런저런 패턴으로 점들을 연결해 온갖 種類의 그래프를 그려보면서, 60억 명의 사람이 그렇게 가깝게 연결될 수 있다는 사실을 뒷받침할 만한 패턴을 찾아내려 했다. 두 사람은 點과 點을 格子 눈금처럼 連結해서 바둑판 같은 規則的인 패턴을 그려 봤다. 점을 되는 대로 連結해서 엉망으로 뒤엉킨 無作爲的인 그래프도 그려 봤다. 하지만 秩序 整然한 그래프도, 任意的인 그래프도 우리가 사는 實際 社會의 네트워크와 같은 뉘앙스를 捕捉해 내지는 못했다. 우리가 "世上 참 좁다"며 감탄하게 되는 그 작은 世界의 미스터리는 여전히 풀리지 않은 채 남아 있었다.

그러던 어느 날 이 두 학자는 우연히 아주 독특한 그래프를 그리게 되었다. 두 사람은 秩序 整然하지도 않지만 그렇다고 任意的이지도 않은, 그 중간쯤 되는 微妙한 방식으로 점들을 連結한, 이를테면 카오스와 秩序가 뒤섞여 均衡을 이루고 있는 듯한 보기 드문 패턴을 찾아냈다. 이 異常한 그래프를 몇 週 동안이나 이렇게 저렇게 바꿔가며 씨름한 끝에 와츠와 스트로가츠는 60억 명의 사람들이 단 여섯 段階로 연결되는 秘密을 밝혀줄 열쇠가 그 안에 들어있음을 알게 되었다.

하지만 이 興味津津한 數學的 構造는 훨씬 重要한 또 다른 發見의 序幕에 불과했다. 社會 네트워크가 다른 種類의 네트워크들과 어떤 差異點을 갖고 있을지 궁금했던 와츠와 스트로가츠는 미국 내 送電網 네트워크와 1980년대에 이미 神經 體系 地圖가 完成된 蟬蟲의 지극히 單純한 神經網 네트워크를 硏究해 봤다. 미국의 送電網은 최근 인간이 設計한 것이고, 蟬蟲의 神經 體系는 오랜 세월에 걸친 進化에 의한 것이다. 그럼에도 불구하고 이 두 네트워크는 人間 社會와 거의 똑같은 작은 世界 構造를 지니고 있었다. 어떤 神秘로운 理由가 도사리고 있는지는 몰라도, 와츠와 스트로가츠의 異常한 그래프는 이 世界의 根本的인 組織 原理를 밝혀낸 것처럼 보였다.

와츠와 스트로가츠가 이런 硏究 內容을 發表한 후 數學者며 物理學者, 컴퓨터 工學者들의 追加 硏究가 뒤따르면서 몇 년 사이에 수많은 네트워크 구조들의 深遠한 類似性이 속속 드러났다. 우리 社會 네트워크가 하이퍼텍스트 링크로 연결된 수많은 웹페이지들 간의 네트워크를 일컫는 월드와이드웹과 거의 同一한 建築 構造를 갖고 있다는 사실도 밝혀졌다. 이 네트워크들은 모든 生態系의 먹이사슬망, 모든 國家를 網羅하는 經濟 活動 네트워크와도 서로 連結되어 있는 神經 細胞들의 네트워크나 살아있는 細胞 내의 分子들 사이에서 일어나는 相互 作用 네트워크도 完全히 똑같은 組織을 保有하고 있다.

　이런 一連의 發見에서 "네트워크 科學"이 誕生할 수 있었다. 놀랍게도 物理 世界와 우리 人間이 사는 世上에는 똑같은 設計 原理가 適用되는 것 같다. 분명 히 전혀 다른 必要를 充足시키기 위해 전혀 다른 條件 下에서 發展해 온 것들인 데도 거의 同一한 構造를 지니고 있는 것이다. 도대체 어떻게 된 緣由일까? 네트 워크에 대한 새로운 理論的 視角은 이 質問에 答을 찾아낼 수 있도록 도와주며, 分野를 莫論한 모든 科學者들이 가장 어렵고 중요한 問題를 풀어나갈 土臺를 提 供한다. (마크 뷰캐넌 著, 강수정 譯,『넥서스: 여섯 개의 고리로 읽는 세상』, 세종연구원, 2003년)

¤ 신출 한자 익히기

摯(지): 잡다, 도탑다
眺(조): 바라보다, 주의하여 보다
津(진): 나루, 언덕
網(망): 그물, 규칙

<필자소개> 마크 뷰캐넌(Mark Buchanan): 미국 버지니아 대학에서 이론물리학 박사학위를 받고
　　　　『네이처』와『뉴사이언티스트』의 편집장을 역임하였으며, 과학 전문 기자로 활동하고 있
　　　　다. 저서로『넥서스』,『세상은 생각보다 단순하다』가 있다. 현재 프랑스에 거주하고 있다.

제 10과

군자삼락(君子三樂)

孟子는 일찍이 君子三樂을 말한 바 있다. 첫째 즐거움은 父母가 모두 살아 계시고, 兄弟들도 아무런 사고가 없는 것이라 하였다. 둘째 즐거움은 우러러 하늘에 부끄럽지 아니하고, 굽어 사람에게 부끄럽지 않는 삶을 사는 것이라 하였다. 셋째 즐거움은 천하의 英才를 얻어서 이들을 敎育하는 것이라 하였다. 맹자의 군자삼락은 유교주의적 封建社會가 理想으로 삼는 인간의 즐거움 세 가지를 나타냈다고 볼 수 있겠으나, 그런대로 오늘날에도 되씹어볼 의미가 깊다고 하겠다.

『列子』에 보면 일찍이 孔子가 泰山에 갔다가 榮啓期라는 노인을 보았다. 사슴의 가죽을 옷으로 걸치고 무명으로 띠 삼아 허리를 질끈 동여 맨, 거지나 다름 없는 行色에 그래도 무엇이 그렇게 즐거운지 장단을 두드리며 노래하고 있었다. 공자는 궁금하여 가까이 다가가 물었다. "선생님은 무엇이 그렇게 즐겁습니까?" 이 물음에 영계기는 그 나름의 즐거움을 흔쾌히 말하였다. "나에게도 세 가지 즐거움이 있습니다. 하늘이 萬物을 내심에 오직 사람이 귀하다 하는데 다행히 나는 사람으로 태어났으니 이것이 첫째 즐거움이요, 사람에게도 남자가 귀하고 여자가 천하다 하는데 다행히 나는 남자로 태어났으니 이것이 둘째 즐거움이요, 사람이 세상에 태어나면 포대기 신세를 면치 못하고 죽는 이가 있는데, 나는 구십년이나 살고 있으니 이것이 셋째 즐거움입니다. 어찌 내가 즐겁지 않을 수가 있습니까?"라고 답하였다고 한다. 이 말을 듣고 공자는 다시 물을 말을 찾지 못하고 발걸음을 돌이켰다고 한다.

영계기의 이 말은 인간이 누리는 즐거움의 본질을 깊이 생각하게 한다. 새삼 '凡事에 감사하는 삶'의 소중함을 일깨워준다. 오늘날 우리들은 너무나도 구하는 바가 많고, 이에 따른 欲求不滿 때문에 마음이 편치 않을 때가 많다. 그리고 그 구하는 바는 정신적인 것보다는 대부분 물질적인 것이다. 한번쯤 옛 사람의 즐거움의 세계를 돌이켜 보는 것도 뜻있는 일이 아니겠는가?

불언인지장단(不言人之長短)·백로장자시(白鷺障子詩)

1. 不言人之長短

黃相國喜가 微時에 行野하며 憩于路上이라가 見田夫駕二牛而耕者하고 問曰 二牛何者爲勝고 하니 田夫不對하고 輟耕而至하여 附耳細語하며 曰 此牛勝이라 하다 公怪之曰 何以附耳相語오 하니 田夫曰 雖畜物이나 其心은 與人同也라 此勝則彼劣이니 使牛聞之면 寧無不平之心乎아 하니 公大悟하고 遂不復言人之長短하니라. 『芝峰類說』

【어구 풀이】

▸黃相國喜(황상국희): 나라의 재상(相國) 黃喜.
▸微時(미시): 어린 시절. 출세하지 않았던 때.
▸何者爲勝(하자위승): 勝: 나을 승.
▸田夫(전부): 밭갈이 하는 농부.
▸輟耕(철경): 가는 일을 멈춤.
▸附耳細語(부이세어): 귀에 대고 말을 작게 함.

2. 白鷺障子詩

公이 嘗赴燕할새 有人이 以白鷺障子로 求詩而不示其畫本이라가 公이 走筆先成二句後에야 出示之하니 乃水墨圖也라 遂足成之하니 詩曰 雪作衣裳玉作趾하고 窺魚蘆渚幾多時오 偶然飛過山陰縣이라가 誤落羲之洗硯池라 하니 其人이 大驚하더라. 『芝峰類說』

【어구 풀이】

- ▶ 公(공): 公爵(공작)의 준말. 조선조 세종대의 문신 成三問.
- ▶ 赴燕(부연): 燕京(北京)에 사신으로 가는 것.
- ▶ 水墨圖(수묵도): 검은 먹물로 그린 그림.
- ▶ 雪作衣裳玉作趾(설작의상옥작지): 눈으로 차마 저고리 지어 입고 옥으로 발가락을 만들었네.
- ▶ 窺魚蘆渚幾多時(규어노저기다시): 갈대 우거진 물가에서 물고기 엿본 것이 얼마나 많았던가?
- ▶ 山陰縣(산음현): 晉나라 명필가 王羲之(왕희지)가 살던 곳.

한자의 기초 이해(6)

[보충⑥] 漢字語의 構造(2)

▶ 특수한 한자어

국어의 단어 중에는 고유어와 한자어가 결합하여 만들어진 복합 명사들이 있다. '面刀칼', '外家집', '손手巾', '새新郞', '足발' 등이 그것이다. '면도칼'은 한자어 '面刀'와 고유어 '칼'이 결합한 것이다. '刀'와 의미가 동일한 '칼'이 다시 결합된 것이다. '면도'는 '얼굴이나 몸에 난 잔털을 깎음'의 행위를 나타내는 데 비하여 '면도칼'은 그때 쓰이는 도구를 나타난다는 점에서 의미에 차이가 있다. '손수건' 역시 고유어 '손'과 한자어 '手巾'이 결합한 것인데 '手'와 의미가 동일한 '손'이 다시 결합되었다는 점이 흥미롭다. 이때에도 '손수건'과 '수건'은 의미에 차이가 있다. 한편 '담墻', '뼛骨', '널板', '옻漆'은 의미가 동일한 한자어와 고유어가 결합한 예로서 일종의 동의반복어이다. 이러한 단어들은 한국어 화자들에게 마치 고유어와 같은 것으로 인식되는 경향이 있다.

21세기 대학생을 위한 漢字와 漢文

제11과

朴趾源 천하의 형세를 논하다*

燕巖 朴趾源은 말한다. 中國을 遊覽하는 사람에게는 다섯 가지 망녕된 바가 있다. 地位와 門閥을 서로 높이는 것은 본래 우리나라의 鄙陋한 習俗이다. 學識있는 사람이 국내에 있으면서도 兩班을 내세우는 것을 부끄럽게 여기거늘 하물며 邊方의 일개 士族 주제에 도리어 중국의 오래된 宗族을 깔보려 함에 있어서랴. 이것이 첫 번째 망녕됨이다.

중국의 붉은 모자나 마제수(馬蹄袖) 服裝[1]은 漢族뿐만 아니라 滿洲族 역시 부끄러워한다. 그러나 그들의 禮俗과 文物은 사방 오랑캐가 당할 바가 아니다. 그들과 겨루어 한 치도 잘난 것이 없는데도 오직 조막만한 작은 상투 하나를 가지고 천하에 자신을 뽐내려 한다. 이것이 두 번째 망녕됨이다.

---

* 원래의 제목은 「심세편(審勢篇)」인데, 이 글은 박지원(朴趾源)이 중국을 여행하고 돌아와서 기록한 『열하일기(熱河日記)』 속에 들어 있는 글임.

옛날 月汀 尹根壽[2] 公이 明나라에 使臣으로 갔다가 길에서 御史 汪道昆[3]을 만난 적이 있는데 길 한 편에 숨을 죽이고 비껴 서서 먼지 자욱한 행차를 바라본 것만으로도 榮光으로 생각하였다고 한다. 이제 중국이 변하여 오랑캐가 되었다 해도 '天子'라는 稱號는 여전히 維持하고 있다. 그러니 閣部의 大臣들은 곧 천자의 公卿인 셈이다. 꼭 옛날이라 해서 더 높다든지, 요즘이라고 해서 더 낮을 것은 없는 것이다. 사신으로 간 사람들은 官長을 뵙는 禮가 자연히 있음에도 公式 席上에서 절하고 揖하는 것을 羞恥스럽게 여겨 걸핏하면 어떻게든 謀免해 보려고 한다. 그리고 그것이 하나의 慣例가 되었다. 어쩌다가 그들을 만나도 대체로 거만하게 行動하는 것을 높은 風致로 여기고 恭遜하게 행동하는 것은 辱되다고 생각한다. 저들이 이에 대하여 심하게 叱責하지는 않는다 하더라도 속으로는 우리 쪽의 無禮함을 輕蔑하고 있을지 어찌 알겠는가. 이것이 세 번째 망녕됨이다.

우리나라 사람은 漢文을 안 뒤로는 모든 글을 중국에서 빌려 읽었다. 그러다 보니 中國 歷代의 일을 이야기하는 것치고 꿈속에서 꿈을 점치는 꼴 아닌 것이 없다. 常套的인 功令文[4]이나 韻致 없는 詩文이나 짓는 處地에, 툭하면 '중국에는 볼 만한 文章이 없다'고 말한다. 이것이 네 번째 망녕됨이다.

중국의 선비들은 康熙[5] 以前만 해도 모두 명나라의 遺民이었으나, 강희 이후에는 곧 청나라 皇室의 臣下요 百姓이다. 진실로 청나라에 忠節을 다하고 法律과 制度를 높이 받드는 것이 마땅하다. 갑자기 낯선 이와 對話를 하면서 나라의 實情을 외국 사람에게 알린다면 이들은 곧 청나라의 叛逆者가 되는 셈이다. 그러나 우리나라 사람은 중국 선비들이 황제의 恩澤을 稱頌하는 걸 보기만 해도, 문득 "한 부의 『春秋』[6]를 이젠 읽을 곳이 없겠구나."하면서 말끝마다 燕·趙의 저자거리에 悲憤慷慨한 노래[7]를 부르는 선비가 없다고 탄식한다. 이는 다섯 번째의 망녕됨이다. (중략)

내가 熱河[8]에 있는 동안 중국의 士大夫들과 어울린 적이 많았다. 尋常하게 이야기를 나누는 중에도 날마다 내가 모르던 것을 많이 알게 되기는 했지만, 話題가 당시의 政治의 得失이라든지 民情의 向背에 미치면 도무지 알아낼 方法이 없었다. 옛글에 이런 말이 있다.

"그 禮法을 살펴서 그들의 政治를 알며, 그 音樂을 듣고 그들의 德을 안다. 그렇게 한다면 百世가 흐른 뒤에 백세 이전의 王을 比較해 보더라도 어긋남이 없을 것이다."

하지만 이미 子貢[9]의 재주와 季札[10]의 智慧가 없으니 비록 여러 가지 樂器와 춤추는 道具가 날마다 앞에 펼쳐져 있어도 政治와 道德의 根源을 알아채지 못한다. 하물며 입만 열면 太古的 音律을 云云해서야 어찌 그 시대의 衰退함과 隆盛함을 알 수 있겠는가. 게다가 갈피도 없거니와 짐짓 實情에 맞지도 않는 虛浪한 質問을 해대니 왜 그런가.

대개 중국 선비들은 그 기질이 자랑하는 것을 좋아하고 學問이 該博한 것을 貴하게 여긴다. 그들의 論理는 經典과 歷史書를 縱橫無盡 넘나들면서 高談峻論을 일삼는다. 그러나 우리나라 사람들은 辭令에 능하지 못하다. 어떤 경우엔 質問하고 詰難하는 것에 汲汲해서 대뜸 요즘 政勢에 대해 말하며, 어떤 경우엔 자기 衣冠을 스스로 자랑함으로써 중국인들이 자기들의 옷차림을 부끄러워하는지를 살핀다. 어떤 경우엔 명나라를 잊지 않았느냐고 곧바로 물어 상대의 말문을 막히게 한다. 이런 일들은 그들이 避하는 일일 뿐 아니라, 우리에게도 損害가 작지 않다. 그러므로 그들의 歡心을 사려면 반드시 大國의 名聲과 敎化를 讚揚하여 먼저 그들을 安心시켜야 한다. 또 중국과 우리가 하나라는 것을 보여 주어 그들의 疑懼心을 가라앉혀야 한다. 그러는 한편, 禮樂에 關心을 보임으로써 그들의 高尙한 趣向에 맞춰 주어야 하며, 틈틈이 歷代의 事蹟을 높이 띄워주되, 최근의 일은 言及하지 말아야 한다. 뜻을 恭遜히 하여 배우기를 청함으로써 그들이 마음 놓고 이야기하도록 誘導해야 한다. 아무것도 모르는 척하면서 마음을 鬱寂하게 만든다면 그들의 눈가에 진심과 거짓이 드러날 수 있을 것이다. 그렇게 되면 웃고 對話하는 사이에 그들의 實情을 探知할 수 있으리라. 이것이 내가 文字 밖에서 터득한 方便이다. (朴趾源, 『熱河日記』 중 「審勢篇」)

미주

1_ 마제수(馬蹄袖) 복장: 좁고 긴 소매에 말발굽형의 수구(袖口).
2_ 윤근수(尹根壽): 조선 선조(宣祖) 연간의 문인·학자. 문집으로 『월정집(月汀集)』이 있음.

3_ 왕도곤(汪道昆): 명나라의 문인. 『태함집(太函集)』, 『부묵(副墨)』 등의 저서가 있음.

4_ 공령문(功令文): 옛날 과거(科擧)에서 문과(文科)에서 쓰던 여러 가지 문체(文體).

5_ 강희제(康熙帝): 청나라 황제 성조(聖祖). 재위기간은 1662~1722.

6_ 『춘추(春秋)』: 공자(孔子)가 노(魯)나라 은공(隱公)에서 애공(哀公)에 이르는 242년(B.C.722~ B.C.481) 동안의 사적(事跡)을 편년체(編年體)로 기록한 책이다.

7_ 연(燕)·조(趙) 저잣거리의 비분강개(悲憤慷慨)한 노래: 옛날부터 중국의 연(燕)나라와 조(趙)나라 에는 우국지사들이 많아서, 비분강개하는 선비가 많았다고 한다.

8_ 열하(熱河): 지금 승덕시(承德市). 북경(北京) 동북쪽.

9_ 자공(子貢): 성 단목(端木). 이름 사(賜). 공자의 제자로서 재아(宰我)와 더불어 언어에 뛰어났다고 한다. 제(齊)나라가 노(魯)나라를 치려고 할 때, 공자의 허락을 받고 오(吳)나라와 월(越)나라를 설 득하여 노나라를 구하였고, 이재가(理財家)로서도 알려져 있다.

10_ 계찰(季札): 춘추시대(春秋時代) 오(吳)나라의 공자(公子)로서, 여러 나라에 사신으로 가서 풍속을 살폈는데, 특히 노(魯)나라에 가서 주(周)의 음악을 듣고 각각 그 특징을 평가한 내용이 『사기(史記)』「오태백세가(吳太伯世家)」에 남아 있다. 그의 괘검(掛劍) 고사는 널리 알려져 있다.

¤ 신출 한자 익히기

趾(지): 발, 발가락, 발자국

閥(벌): 공훈, 공적

蹄(제): 굽, 올무, 밟다

袖(수): 소매, 소매에 넣다

汪(왕): 넓다, 깊다, 많다

昆(곤): 형, 맏이, 뒤, 다음

揖(읍): 읍, 읍하다, 사양하다

羞(수): 부끄럽다, 바치다, 드리다, 음식

遜(손): 겸손하다, 사양하다

叱(질): 꾸짖다, 욕하다, 성을 내다

熙(희): 빛나다, 마르다, 말리다

札(찰): 패, 나무, 종이

峻(준): 높다, 엄하다, 길다

<필자소개> 朴趾源(1737~1805): 조선후기의 文豪·실학자. 비판적 지식인으로 재야에서 지내다가 50대 이후 蔭職으로 안의현감·면천군수·양양부사 등을 지냈다. 문집 『燕巖集』이 있다.

고사성어

경국지색(傾國之色)

우리 동양에서는 뛰어난 미인을 가리켜 '傾城' 또는 '傾國之色'이라고 부르고 있다. '경성'이니 '경국'이라 함은 성이나 나라를 기울어뜨린다 함이니, 여인의 美色이 君主의 마음을 사로잡아 나라를 기울어뜨린다는 말이다. 그러나 이 말은 나라를 위태롭게 한 요사한 여인에게만 쓰인 것은 아니다. 때로는 비할 데 없이 아름다운 絶世의 미인에 대한 수사적 표현으로 사용되는 경우도 있다.

중국 周 나라 幽王의 비인 포사(褒姒)는 나라와 임금을 멸망으로 인도한, 이른바 '경국지색'의 전형적인 여인이다. 포사는 일찍이 유왕에게 정복당한 포나라 사람이 유왕에게 바친 여인이다. 왕은 포사의 아름다움에 혹하여 그녀를 偏愛한 나머지 정실이었던 申后와 태자 의구(宜臼)를 폐하고, 포사를 왕후, 포사의 소생인 伯服을 태자로 삼았다. 그는 포사와 향락에 정신이 팔려 나라의 정사는 거의 관심 밖의 일이 되었다. 그런데 포사는 무슨 영문인지 웃지를 않았다. 웃음을 영 잃은 여인과도 같았다. 왕은 사랑하는 여인의 예쁜 얼굴에 웃음을 보기 위해 웃음이 나올, 온갖 재미있는 일을 다 보여주고, 밤낮으로 즐거운 잔치를 열고, 갖가지 즐거운 놀이를 다 하였으나, 포사의 얼굴에는 좀처럼 웃음이 떠오르지 않았다. 요염한 포사의 얼굴에서 끝내 웃음을 볼 수 없었던 왕은 그럴수록 더욱 포사의 웃음이 보고 싶어 안달이 났다.

그러던 어느 날 도성 가까이 烽火가 올랐다. 이 봉화를 본 변방의 諸侯들은

나라에 큰 변고라도 생겼는가 하여 병사들을 이끌고 허겁지겁 왕궁으로 달려
왔다. 이러한 모습을 본 포사는 그제야 즐거운 듯이 소리 내어 웃었다. 이것을
본 유왕은 봉화의 일은 제쳐 두고 포사가 웃었다는 사실로 대단히 기뻐하였다.
그 뒤로도 유왕은 포사를 웃게 할 양으로 가끔 사람을 시켜 봉화를 올려 제후
를 불시에 都城에 모이게 하였다. 봉화가 오를 때마다 제후들은 나라에 큰 변고
가 난 줄 알고 헐레벌떡 왕도로 달려와 보면 번번이 아무 일도 없는데, 다만
왕이 포사를 웃게 하기 위해 봉화를 올렸음을 알고 그냥 되돌아가곤 하였다.
이런 일이 거듭 되면서 제후들은 봉화를 보아도 대수롭지 않게 여기게 되었다.
그 뒤 犬戎의 군사가 주 나라에 쳐들어 왔는데, 별다른 對備를 못하였던 주 나라
는 매우 위급한 지경에 빠졌다. 다급해진 왕은 급히 구원을 청하는 봉화를 올리
게 하였다. 그러나 하도 여러 번 거짓 봉화에 속아 온 제후들은 이번에도 또
거짓 봉화인 줄 알고 아무도 그를 구하러 오지 아니하였다. 마침내 유왕은 견융
에게 몰려 여산(驪山) 아래서 죽임을 당하고, 태자 백복도 그들의 손에 죽게 되
었다. 포사는 오랑캐 군사에 포로가 되었다. 사랑에 눈이 먼 유왕의 迷惑을 다
만 어리석다고 비웃을 수만은 없다. 여성의 웃음 앞에 쉽사리 자세를 흩뜨리는
세상의 많은 남성들에게 좋은 경종이 되리라 생각된다.

불비불명(不飛不鳴)·각주구검(刻舟求劍)

1. 不飛不鳴

莊王이 卽位에 三年不出令하고 日夜爲樂하며 令國中하여 敢諫者死하리라 하거늘 伍擧曰 有鳥在阜한데 三年을 不蜚不鳴하니 是何鳥야잇가 王曰 三年不蜚했지만 蜚亦衝天하고 三年不鳴했지만 鳴將驚人하리라 蘇從이 亦入諫한데 王이 乃左執從手하고 右抽刀以斷鍾鼓之懸하고 明日聽政하더라.

『十八史略』

【어구 풀이】

▶ 莊王(장왕): 楚나라 임금.
▶ 伍擧(오거): 楚王나라 신하.
▶ 阜(부): 언덕 부.
▶ 蜚(비): 날 비.
▶ 蘇從(소종): 楚王의 신하.
▶ 鍾鼓之懸(종고지현): 종과 북을 달아놓은 것. 편종과 북 등 악기 연주를 위하여 설치해 놓은 것.
▶ 聽政(청정): 정치를 들음. 여론을 청취함.
▶ 十八史略(십팔사략): 중국 元나라 曾先之가 지은 역사서. 古今歷代十八史略의 약칭.

2. 刻舟求劍

楚人에 有涉江者러니 其劍自舟中墜於水라 遽刻其舟하고 曰 是吾劍之所
從墜라 하다 舟止에 從其所刻者하여 入水求之나 舟已行矣요 而劍不行이라
求劍若此면 不亦惑乎아. 以此故法으로 爲其國은 與此同이라 時已徙矣나
而法不徙하니 以此爲治면 豈不難哉아. 『呂氏春秋』

【어구 풀이】

▸涉(섭): 건너다.
▸自舟中(자주중): 배 안으로부터; 배안에서. 自: 부터. 墜(추): 떨어질 추.
▸遽(거): 문득, 갑자기.
▸與此同(여차동): 각주구검하는 일과 같다.
▸呂氏春秋(여씨춘추): 중국 前秦의 呂不韋가 편찬한 일종의 백과전서.

한자의 기초 이해(7)

[보충⑦] 한자 필순의 원칙

· 위에서 아래로 쓴다: 三, 工, 言, 客
· 왼쪽에서 오른쪽으로 쓴다: 川, 州, 側, 外
· 가로 획과 세로 획이 교차될 때, 가로 획을 먼저 쓴다: 十, 春, 支
  (예외) 세로획부터 쓴다: 田, 角, 推
· 좌우 삐침과 파임이 교차할 때, 좌삐침부터 쓴다: 人, 父, 合
· 左(좌) 右(우) 대칭일 때, 가운데, 좌, 우순으로 먼저 쓴다: 小, 水, 樂
  (예외) 가운데를 나중에 쓴다: 火, 性
· 몸과 안쪽이 있을 때, 몸쪽을 먼저 쓴다: 內, 因, 同, 司
  (예외) 우측이 터진 경우는 다르다: 區, 匹, 臣
· 가로획이 길고 왼쪽 삐침이 짧으면 왼쪽 삐침부터 쓴다: 右, 布, 希, 有
· 가로획이 짧고 왼쪽 삐침이 길면 가로획부터 쓴다: 左, 友, 在
· 상하로 꿰뚫는 세로획은 나중에 쓴다: 車, 中, 手
· 좌우로 꿰뚫는 가로획은 나중에 쓴다: 女, 母
  (예외) 가로획부터 쓴다: 世
· 오른쪽 위의 점은 맨 나중에 쓴다: 成, 犬, 代
· 책받침류는 나중에 쓴다: 建, 道, 直(단 起, 題, 勉은 먼저 쓴다)
· 두 가지 이상 관용화된 글자: 上, 馬, 止, 耳, 感, 興, 田, 佳
· 주의를 요하는 글자: 臣, 希, 有, 成, 承, 必, 世

21세기 대학생을 위한 漢字와 漢文

제12과

趙芝薰 지조론*

志操란 것은 純一한 精神을 지키기 위한 불타는 信念이요, 눈물겨운 精誠이며, 冷徹한 確執이요, 高貴한 鬪爭이기까지 하다. 志操가 敎養人의 威儀를 爲하여 얼마나 값지고, 그것이 國民의 敎化에 미치는 힘이 얼마나 크며, 따라서 志操를 지키기 위한 괴로움이 얼마나 苛酷한가를 헤아리는 사람들은 한 나라의 指導者를 評價하는 基準으로서 먼저 그 志操의 强度를 살피려 한다. 志操가 없는 指導者는 믿을 수가 없고, 믿을 수 없는 指導者는 따를 수가 없기 때문이다.

自己의 名利만을 위하여 그 同志와 支持者와 追從者를 一朝에 陷穽에 빠뜨리고 달아나는 志操 없는 指導者의 無節制와 背信 앞에 우리는 얼마나 많이 失望하였는가. 志操를 지킨다는 것이 참으로 어려운 일임을 아는 까닭에 우리는 志操 있는 指導者를 尊敬하고 그 困苦를 理解할 뿐 아니라 安心하고 그를 믿을 수도

* 이 글에는 '변절자(變節者)를 위하여'라는 부제(副題)가 붙어 있음.

있는 것이다, 이와 같이 생각하는 者이기 때문에 志操 없는 指導者, 背信하는 變節者들을 慨歎하고 憐憫하며 그와 같은 變節의 危機의 直前에 있는 人士들에게 警醒이 있기를 바라는 마음이 懇切하다.

志操는 선비의 것이요, 敎養人의 것이다. 장사꾼에게 志操를 바라거나 娼女에게 志操를 바란다는 것은 옛날에도 없었던 일이지만, 선비와 敎養人과 指導者에게 志操가 없다면 그가 人格的으로 장사꾼과 娼女와 가릴 바가 무엇이 있겠는가. 識見은 技術者와 장사꾼에게도 있을 수 있지 않는가 말이다. 물론 志士와 政治家가 完全히 같은 것은 아니다. 獨立運動을 할 때의 革命家와 政治人은 모두 다 志士였고 또 志士라야 했지만, 政黨運動의 段階에 들어간 오늘의 政治家들에게 선비의 森嚴한 志操를 要求하는 것은 지나친 일인 줄은 안다. 그러나 오늘의 政治—政黨運動을 通한 政治도 國利民福을 爲한 政策을 通해서의 政商인 以上 百姓을 버리고 百姓이 支持하는 共同戰線을 무너뜨리고 個人의 口腹과 名利를 爲한 浮動은 無志操로 糾彈되어 마땅하다고 하지 않을 수 없다. 더구나 오늘 우리가 當面한 現實과 이 難局을 收拾할 指導者의 資格으로 待望하는 政治家는 權謀術數에 能한 職業 政治人보다 志士的 品格의 政治 指導者를 더 待望하는 것이 國民 全體의 衷情인 것이 속일 수 없는 事實이기에 더욱 그러하다. 廉潔公正 淸白剛毅한 志士 政治만이 이 國運을 挽回할 수 있다고 믿는 以上 모든 政治 指導者에 對하여 志操의 깊이를 要請하고 變節의 惡風을 唾罵하는 것은 百姓의 눈물겨운 呼訴이기도 하다.

志操와 貞操는 다 같이 節槪에 屬한다. 志操는 精神的인 것이고, 貞操는 肉體的인 것이라고 하지만, 알고 보면 志操의 變節도 肉體 生活의 利慾에 買收된 것이요, 貞操의 不貞도 精神의 快樂에 對한 放縱에서 비롯된다. 오늘의 政治人의 無節制를 장사꾼적인 利慾의 計巧와 淫婦的 歡樂의 耽惑이 합쳐서 놀아난 것이라면 果然 極言이 될 것인가.

하기는, 志操와 貞操를 논한다는 것부터가 오늘에 와선 이미 時代錯誤의 잠꼬대에 지나지 않는다고 할 사람이 있을지 모른다. 하긴 그렇다. 왜 그러냐 하면, 志操와 貞操를 지킨다는 것은 不自然한 일이요, 時勢를 拒逆하는 일이기 때문이다. 寡婦나 홀아비가 改嫁하고 再娶하는 것은 生理的으로나 家庭生活로나 自然스러운 일이므로 아무도 그것을 막을 수 없고, 또 그것을 막아서는 안 된다. 그러나 우리는 그 改嫁와 再娶를 至極히 當然한 것으로 承認하면서도 어떤 寡婦나 鰥夫가 사랑하는 옛 짝을 위하여 改嫁나 續絃의 길을 버리고 一生을 마치는 그 節制에 對하여 讚嘆하는 것을 또한 잊지 않는다. 普通 사람이 能히 하기 어려운 일을 했대서만이 아니라 自然으로서의 人間의 本能苦를 理性과 意志로써 超克한 그 精神의 높이를 보기 때문이다. 貞操의 高貴性이 여기에 있다. 志操도 마찬가지다. 자기의 思想과 信念과 良心과 主體는 일찌감치 집어던지고 時勢에 따라 아무 權力에나 바꾸어 붙어서 口腹의 걱정이나 덜고 名利의 世途에 參與하여 꺼덕대는 것이 自然한 일이지, 못나게 쪼를 부린다고 굶주리고 얻어맞고 짓밟히는 것처럼 不自然한 일이 어디 있겠냐고 하면 얼핏 들어 우선 말은 되는 것 같다.

여름에 아이스케이크 장사를 하다가 가을바람만 불면 단팥죽 장사로 看板을 남 먼저 바꾸는 것을 누가 辱하겠는가. 장사꾼, 技術者, 事務員의 生活方道는 이 길이 오히려 正道이기도 하다. 오늘의 變節者도 自己를 이 같은 사람이라 생각하고 또 그렇게 自處한다면 別問題다. 그러나 더러운 變節의 正當化를 爲한 엄청난 公言을 늘어놓은 것은 噴飯할 일이다. 百姓들이 그렇게 사람 보는 눈이 먼 줄 알아서는 안 된다. 白晝大路에 돌아앉아 볼기짝을 까고 大便을 보는 격이라면 점잖지 못한 表現이라 할 것인가. (下略) (『새벽』 3월호, 1960년)

¤ 신출 한자 익히기

芝(지): 지초(芝草), 일산(日傘)
苛(가): 맵다, 사납다, 자세하다, 번거롭다
穽(정): 허방다리, 함정
娼(창): 몸 파는 여자
衷(충): 속마음, 정성스러운 마음, 가운데, 속옷
挽(만): 당기다, 말리다
罵(매): 욕하다, 꾸짖다
嫁(가): 시집가다, 떠넘기다, 가다
鰥(환): 환어(鰥魚), 홀아비, 앓다
噴(분): 뿜다, 꾸짖다, 화내다

薰(훈): 향 풀, 향내 나다, 향기
酷(혹): 독하다, 향기가 짙다, 잔인하다
醒(성): 깨다, 술이 깨다, 깨닫다
森(삼): 나무가 빽빽하다, 우뚝 솟다, 성(盛)한 모양
毅(의): 굳세다, 과감하다, 함부로 화를 내다
唾(타): 침, 침을 뱉다
耽(탐): 즐기다, 귀가 크게 쳐지다
娶(취): 장가들다, 아내를 맞다
嘆(탄): 탄식하다, 한숨 쉬다

<필자소개> 趙芝薰(1920~1968): 詩人·國文學者. 本名은 東卓. 詩集으로 『청록집』(共著)·『풀잎단장』·『조지훈시선』·『여운』, 隨想錄으로 『창에 기대어』, 隨筆集으로 『시와 인생』·『지조론』, 시론집 『시의 원리』 등이 있다.

화룡점정(畵龍點睛)

중국 梁 나라 張僧繇가 일찍이 金陵의 安樂寺에 두 마리 용을 그렸는데 눈동자를 그려 넣지 아니하였다. 사람들이 그 까닭을 물으니, 장승요는, "눈동자를 그려 넣으면 하늘로 날아 올라가 버릴거요"라 하였다. 사람들은 그의 말을 믿으려 하지 않았다. 기어코 그로 하여금 눈동자를 그려 넣게 하였다. 그랬더니 눈동자를 그려 넣은 용 한 마리가 즉시 하늘을 향해 올라가 버리고 말았다. 여기서 '畵龍點睛(용을 그려 눈동자를 찍음)'이라는 말이 생겼다.

우리나라에 전하는 장승요의 이야기로 다음과 같은 것이 있다. 중국의 황제가 장승요에게 총애하는 비의 초상을 그리게 하였다. 그가 그림을 거의 완성하고 붓을 떼는 순간 어쩌다 붓을 떨어뜨려 그림을 더럽혔다. 그런데 붓이 떨어져 얼룩이 진 데가 하필이면 총비의 은밀한 부분에 해당하는 곳이어서 더욱 난처하였다. 붓을 다시 들어 그것을 지우려고 하였으나 소용이 없었다. 이에 그는 사람의 힘으로 어찌할 수 없는 것이라 생각하여 그대로 황제께 바쳤다. 그림을 본 황제는 총비의 은밀한 부분에 있는 흉터까지 소상하게 그린 화공에 대하여 크게 화를 내었다. "짐 이외에는 아무도 모르는 사실을 그대는 어찌하여 그릴 수 있었느냐?"고 하고 그를 가두고 처형하려 하였다. "그는 마음이 곧은 사람이니 용서하시기 바랍니다"고 간청하는 승상의 말에 황제는 어제 밤에 본 자신의 꿈을 그리게 하고 그 꿈을 맞출 때에는 용서하겠다고 하였다. 화공이 十二面觀音像을 그려서 바치니 황제의 꿈과 일치하였다. 풀려난 화공은 그 길로 바다를 건너 신라로 왔다고 한다.

형설지공(螢雪之功)·조강지처(糟糠之妻)

1. 螢雪之功

晉의 車胤은 字가 武子라. 幼에 恭勤博覽이러니 家貧하여 不常得油라. 夏月에 以練囊으로 盛數十螢하여 照書讀之하며 以夜繼日이러니 後에 官至尙書郎하니라.

晉의 孫康은 少에 淸介하여 交遊不雜이나 家貧無油하여 嘗映雪讀書러니 後에 官至御史大夫하니라.

今人이 以書窓으로 爲螢窓하고 以書案으로 爲雪案하며 而稱勉學하여 爲螢雪之功者는 由此故事也라. 『晉書』

【어구 풀이】

▶不常得油(불상득유): 부분 부정: 항시 기름을 얻을 수는 없다(얻지 못할 때도 있다).
　常不得油(완전부정): 언제나 기름을 얻을 수 없다.
▶練囊(연낭): 비단 주머니.
▶盛(성): 담다.

2. 糟糠之妻

所用群臣에 如宋弘等은 皆重厚正直하더라 上姊湖陽公主가 嘗寡居하여 意在弘이라 弘이 入見에 主坐屛後한데 上曰 諺言에 富易交하고 貴易妻라 하니 人情乎아 한대 弘曰 貧賤之交는 不可忘이요 糟糠之妻는 不下堂이라 하더이다 하니 上이 顧主曰 事不諧라 하다. 『十八史略』

【어구 풀이】

▶ 宋弘: 인명.
▶ 上: 임금.
▶ 寡居(과거): 남편을 잃고 홀로 삶.
▶ 諺言(언언): 속담의 말.
▶ 不下堂(불하당): 집을 나가게 하지 않음.
▶ 事不諧(사불해): 일이 제대로 안됨.

한자의 기초 이해(8)

[보충⑧] 우리나라의 漢字 관련 初學 교재

우리나라는 삼국시대(三國時代)부터 한자(漢字)가 본격적으로 사용되기 시작하였다. 따라서 여러 한자 교재들이 나왔다. 6세기 초 양(梁)나라 주흥사(周興嗣)가 편찬한 『천자문(千字文)』(4언 250구 韻文)이 유입된 후 『천자문』은 가장 널리 읽힌 한자교재가 되었다. 특히 조선중엽의 명필 한호가 쓴 글씨로 『石峯千字文』이 나오자 널리 유포되었다. 하지만 천자문은 철리적인 내용의 어구로 구성되어 있어서 어린 아이들의 교재로는 적합지 않다는 비판도 많았다(정약용 「千文評」, 1804년). 이 때문에 글자의 부류별로 모아 연관하여 익히기 편하도록 하기 위한 『類合』(1,512자), 『訓蒙字會』

(최세진 편), 『新增類合』(유희춘 편), 『兒學編』(1,950자, 정약용 편) 등의 책이 조선초기부터 후기까지 계속 나오기도 하였다. 조선후기 張混(1759~1828)은 『몽유편(蒙喩篇)』을 비롯해 많은 초학 교재들을 편찬, 간행하였는데 사대부를 넘어 중인, 평민들로까지 한자 학습을 필요로 하는 계층이 넓어졌음을 의미한다. 한편 정약용은 『아언각비(雅言覺非)』(1819년)를 별도로 편찬하여 한자어의 誤用("牝元" 등), 한자어의 어원("藥果" 등), 고유어 및 차용어 등에 대해 풍성한 해설을 가하였다.

21세기 대학생을 위한 漢字와 漢文

제13과

김종철 생명의 문화를 위하여

(前略) 科學技術이 모든 어려운 問題를 解決해 주리라는 어리석은 믿음이 支配하고 있다는 점도 오늘의 크나큰 悲劇을 加重시키는 主要한 要因이라고 할 수 있다. 과학도 기술공학도 결코 萬能이 아닐뿐더러 오히려 事態의 惡化에 훨씬 더 많이 寄與해 왔다는 것을 알기 위하여 우리 각자가 專門的인 知識을 갖추어야 할 必要는 없을 것이다. 오늘날 많은 사람들이 科學에 대해 품고 있는 盲目的인 崇拜나 信賴는 과학은 거짓이 없고 실패가 없다는 全然 根據 없는 迷信에 基礎하고 있는데, 이런 터무니없는 미신이 널리 流布된 데에는 이 시대에 蔓延하고 있는 非歷史的 思考가 크게 기여한 것으로 보인다. 科學史의 觀點에서 볼 때, 과학의 진리에 대한 관계는 언제나 暫定的이고 摸索的인 것이었지 결코 恒久的인 絶對性을 갖는 것은 아니었다. 진정하게 과학적인 태도는 그러니까 늘 열려있는 謙遜한 態度일 수밖에 없으며, 자신의 현재 能力이나 認識方法으로써 捕捉할 수 없는 經驗이라고 하여 그것을

무시하거나 비과학적이라고 罵倒하거나 敵對的인 태도를 보인다는 것은 참다운 과학정신과 因緣이 먼 태도라 해야 옳다.

　오늘날 과학기술의 힘이 莫强하고, 부분적이나마 과학기술 수준이 讚嘆스러운 것이라 해도, 과학은 如前히 우리의 삶의 바탕과 이 세상과 宇宙의 根源的인 진리를 解明하는 데에는 너무나 微弱하고 不適切한 手段밖에 가지고 있지 않다는 사실에 우리는 注目해야 한다. 하물며, 機械論的 宇宙觀과 線形的 進步史觀에 依支하여 展開되어온 지난 수세기의 近代 科學技術의 成果는 이제 人類의 破滅까지도 排除하지 않는 地球 生態系의 大災難을 招來하는 데 결정적인 기여를 해온 것이 아닌가? 삶의 태반을 망가뜨리면서 그것을 진보와 발전이라고 믿어온 실로 愚昧의 極致라 할 만하고, 완전한 미치광이 짓이라고 할 수밖에 없다. 과학과 기술에 대한 인간의 본질적 관계, 그리고 근대과학의 근본 가정에 깔려 있는 폭력성에 대한 뿌리로부터의 徹底한 反省 없이, 계속하여 더 많은 과학과 더 精巧한 技術만을 구한다면 破滅은 不可避할 것이다. (後略) (『녹색평론』 창간사, 1991년)

제13과

¤ 신출 한자 익히기

蔓(만): 덩굴, 자라다, 뻗어나가다
摸(모): 찾다, 더듬어 찾다, 잡다
罵(매): 욕하다, 꾸짖다
嘆(탄): 탄식하다, 한숨 쉬다

<필자소개> 김종철: 1947년 경남 출생. 영남대학교 영문과 교수 역임. 격월간 『녹색평론』 발행·편집인. 주요 저서로 『시와 역사적 상상력』, 『시적 인간과 생태적 인간』, 『땅의 옹호』 등이 있다.

함흥차사(咸興差使)

　조선 태조는 조선 건국에 가장 공이 컸던 다섯째 아들인 방원을 世子로 冊封하지 아니하고 여덟 째 아들인 방석을 세자로 책봉하였다. 이에 정도전 등은 방석 편에 가담하여 방원을 해치려하니 방원은 정도전 등을 죽이고 방석을 몰아내었다. 태조는 화가 나서 둘째 아들인 정종에게 讓位하고, 밤중에 함흥의 옛 집으로 돌아가 있었다. 방원은 자신을 미워하는 태조의 마음을 되돌리려 함흥차사를 계속하여 보냈으나 모두 죽고 돌아오지 못하였다.

　그러자 태조와 친분이 두터웠던 朴淳이 悲憤慷慨하여 자신이 가기를 청하였다. 함흥에 이르러 멀리 行宮이 바라보이자 일부러 새끼 말은 나무에 매어 두고 어미 말을 타고 가는데 말이 자꾸 뒤돌아보며 머뭇거려 나아갈 수가 없을 정도였다. 상을 뵙게 되자, 박순은 上王의 어렸을 때부터의 친구였기 때문에 상왕이 반갑게 옛일을 얘기하며 정성껏 대접해 주었다. 이어 묻기를, "새끼 말을 나무에 매어 둔 것은 어째서인가?" 하니, 대답하기를, "길을 가는 데 방해가 되어 매어 두었는데, 어미와 새끼가 차마 서로 헤어지지 못하였습니다. 微物이라도 또한 지극한 정인가 봅니다." 하고, 눈물을 흘리며 오열하니, 상왕도 감격하여 눈물을 줄줄 흘렸다. 하루는 박순과 함께 바둑을 두고 있었는데, 마침 쥐가 새끼를 물고 가다가 지붕에서 떨어져 죽게 되었는데도 서로 저버리지 않았다. 이에 박순이 다시 바둑판을 밀고 땅에 엎드려 우니, 상왕이 슬피 여겨 곧 대궐로 돌아갈 뜻을 밝혔다. 박순이 下直하고 돌아가려는데, 상왕이 속히 가라고 하였다. 행재소에 있던 신하들이 앞 다투어 그를 죽이도록 청하였으나 상왕이 허락하지 않았다. 그리고 이미 龍興江을 건넜으리라 추측하고 使者에게 칼을 주면서 이르기를, "만약 이미 강을 건넜으면 추격하지 말라." 하였는데, 박순이 우연히 급작스런 병에 걸려 그때까지 배 안에 있으면서 강가를 벗어나지 못하고 있었다. 마침내 죽이고 돌아오니 상왕이 크게 통곡하며 이르기를, "박순이 죽으면서 무어라 하던가?" 하니, 사자가 대답하기를, "다만 북쪽으로 행궁을 향하여 부르짖기를, '신은 죽습니다. 원컨대 전에 하신 말씀을 바꾸지 마소서.' 하였습니다." 하자, 상왕이 눈물을 흘리며 이르기를, "박순은 어렸을 적의 좋은 친구이다. 내가 지난번에 한 말을 번복하지는 않을 것이다." 하고는, 마침내 어가를 대궐로 돌렸다고 한다.

어부지리(漁父之利) · 새옹지마(塞翁之馬)

1. 漁父之利

　趙且伐燕이어늘 蘇代가 爲燕하여 謂惠王曰 今日臣來라가 過易水러니 蚌
方出曝에 而鷸啄其肉하니 蚌合而箝其喙라 鷸曰 今日不雨하고 明日不雨면
卽有死蚌하리라한대 蚌亦謂鷸曰 今日不出하고 明日不出하면 卽有死鷸하리
라 하며 兩者가 不肯相舍러니 漁者가 得而幷擒之라 今趙且伐燕에 燕趙久
相攻하여 以敝大衆하면 臣은 恐秦之爲漁父也하노니 願王熟計之也하소서 하
니 惠王曰 善하다 하고 乃止하다. 『戰國策』

【어구 풀이】

▶蚌方出曝(방방출폭): 조개가 마침 나와서 볕을 쬠.
▶箝其喙(겸기훼): 그 부리를 꽉 물다.
▶幷擒之(병금지): 아울러 모두를 잡다.
▶敝大衆(폐대중): 대중을 지치게 만듦.

2. 塞翁之馬

夫禍福之轉而相生은 其變을 難見也라 近塞上之人에 有善術者러니 馬無故亡하여 而入胡하니 人皆弔之한대 其父가 曰 此何遽不爲福乎아 하다 居數月에 其馬가 將胡駿馬而歸하니 人皆賀之한대 其父가 曰 此何遽不能爲禍乎아 하다 家富良馬하여 其子好騎라가 墮而折其髀하니 人皆弔之한대 其父가 曰 此何遽不能爲福乎아 하다 居一年에 胡人이 大入塞한대 丁壯者가 引弦而戰할새 近塞之人이 死者十九나 此獨以跛之故로 父子相保라 故로 福之爲禍와 禍之爲福은 化不可極이요 深不可測也라. 『淮南子』

【어구 풀이】

▶ 善術者(선술자): 점술을 잘 보는 자.
▶ 人皆弔之(인개조지): 사람들이 모두 그를 위로하다.
▶ 將胡駿馬(장호준마): 오랑캐 지역의 준마를 거느리고 옴.
▶ 折其髀(절기비): 그 다리를 부러뜨림. 髀: 넓적다리 비.
▶ 大入塞(대입새): 크게 변방을 침입함.
▶ 死者十九(사자십구): 죽는 자가 열 중 아홉 명.
▶ 跛(파): 절름발이 파.
▶ 化不可極(화불가극): 변화를 다 파헤칠 수 없다.

한자의 기초 이해(9)

[보충⑨] 유래를 알면 유익한 한자 어휘(1)

經濟: '經'은 글자에 나타나 있는 것과 같이 천을 짜기 위해 '베틀에 걸어놓은 세로 실'을 의미하였다. 가로 실은 '緯'가 된다. 이 '經緯'는 일정한 간격으로 十字로 교차하는 모양을 하고 있기 때문에 곧 가로와 세로로 낸 도로를 나타내는 말로 전용되었다. 즉, 남북으로 낸 도로를 經道라고 하고 동서로 낸 도로를 緯道라고 하였다. 통치자가 자신의 도읍을 구획하고 그 사이에 길을 내는 것은 바로 국가를 경영하는 일이었다. '濟'는 '강이나 시내를 건네주다' 혹은 '물에 빠진 사람을 구해주다'는 의미로 쓰였는데, '도탄에 빠진 백성을 구제한다'는 식으로 轉用되었다. 참고로 '經營'이란 어휘는 『詩經』의 '經之營之'라는 구절에서 나온 것으로 건물을 지을 때에 이리저리 측량하는 것을 의미하는 것이었다.

琴瑟: 琴과 瑟은 모두 현악기의 일종으로 두 악기의 소리가 잘 어울려 곧잘 함께 연주되었다. 그래서 화목한 부부사이를 비유하는 데 흔히 사용되었다.

濫觴: 이 어휘의 출전은 『荀子』로 거기에 다음과 같은 내용이 나온다. "揚子江이 岷山에서 발원하는데, 그 근원을 보면 겨우 술잔을 띄울[濫觴] 정도다." 여기서 '濫觴'은 물의 근원이 아주 작은 경우를 빗대어 말한 것이다. 그러나 지금은 주로 '일의 발단' 혹은 '사물의 근원'의 의미로 사용하며, '어떠한 일의 영향 혹은 파급'의 의미로 사용하기도 한다.

饅頭: 宋 高承이 지은 『事物紀原』의 饅頭條에 小說을 인용하여 다음과 같이 말하였다. "諸葛亮이 孟獲을 정벌할 때 어떤 사람이 말하기를 '남쪽지방의 풍속으로 神에게 빌면 鬼兵을 보내 도와주는데, 반드시 사람을 죽여서 그 머리로 제사지내야 神이 흠향을 하고 그리고 나서야 출정한다'는 것이었다. 諸葛亮은 그의 말대로 하지 않고, 양과 돼지의 고기를 섞고 밀가루 피로 감싸서 사람머리 모양을 만들어 제사지내니 신이 흠향을 하였고 그리고서 출정하였다." 饅頭에 대한 보다 재미있는 이야기는 元末明初에 羅寬中이 지었다는 『三國演義』 第91回에 있다.

涉獵: '涉'은 '물을 건너다'는 의미고, '獵'은 '사냥한다'는 의미다. 물을 건널 때는 다닥친 곳의 주변에서 건너게 되며 그 물길의 전모를 알고 건너는 것은 아니다. 사냥할 때 역시 이리저리 다니며 닥치는 대로 사냥하는 것이며 사냥감의 전모를 알고서 사냥하는 것은 아니다. 따라서 섭렵이라는 것은 어떠한 것에 대해 깊이 파악하는 것이 아니라 여러 가지를 대충 탐색하는 경우를 의미한다.

21세기 대학생을 위한 漢字와 漢文

제14과

愼鏞廈 19세기 말 한국의 사회사상

19세기 중엽 資本主義 列强의 挑戰에 의하여 우리나라가 民族的 危機에 직면하게 되자, 우리의 선조들은 危機意識 속에서 이 도전을 克服하고 나라의 獨立과 發展을 지키기 위한 새로운 思想體系를 수립하였다. 이 중에서 가장 큰 潮流를 형성한 것이 衛正斥邪思想[1]과 東學思想과 東道西器思想과 開化思想이다. 이 네 개의 思潮는 각각 자기의 체계와 논리를 가지고 민족의 自主와 進步를 위하여 헌신함으로써 우리나라 近代史에 있어서 愛國思想의 위대한 전통을 수립하였다. 이 중에서 衛正斥邪思想은 단순화하여 말하자면 당시의 儒生들이 正統派 朱子學의 思想을 응용하여 이 도전을 극복하려고 한 사상이라고 말할 수 있다. 이 사상의 특징은 다음의 몇 가지 점이 특히 注目된다.

첫째, 朱子學의 華夷思想에 입각하여 中國과 우리나라를 華로 보고 倭洋을 夷로 본다. 따라서 文明의 正當性의 중심은 언제나 東洋에 있다.

둘째, 우리나라와 중국을 理로 보고 倭洋을 氣로 본다. 따라서 朱子哲學에 의하면 理가 언제나 氣를 制壓하고 氣는 理의 命令에 服從해야하기 때문에 西洋의 도전은 現象的으로는 優勢한 듯하지만 本體에 있어서는 우리나라가 優勢하므로 倭洋은 족히 두려워할 것이 못된다고 본다.

셋째, 西洋의 科學技術이 奇拔淫巧[2]라고 보고 그 先進性을 否認한다. 따라서 그것이 「淫巧」인 한 朱子學의 「正道」로서 倫理的 사상적으로 통하지 못하게 만들어 극복할 수 있는 것이라고 본다.

넷째, 품기를 극복하는 방법은 通商을 絶禁시켜 洋物이 나라 안에 들어오지 못하게 하는 것이다. 通商하여 奇拔淫巧로 된 洋物이 통용되면 풍속을 문란케 할 뿐 아니라 歲計[3]인 農産物로써 日計[4]인 工産物과 交易하게 되므로 우리는 貧困하게 되고 저들은 富裕하게 된다고 본다.

다섯째, 밖에서 오는 도전은 이를 싸워서 물리치면서 內政改革을 하는 內修外攘[5]을 주장한다. 따라서 외국과의 交際, 즉 내수외교를 主張하는 見解를 危險視한다.

여섯째, 內政개혁의 요점은 「結人心」하여 衛正斥邪에 의한 國論을 통일하는데 있다고 본다. 즉 전 국민이 마음으로 맺어져서 衛正斥邪를 하면 서양의 挑戰은 쉽게 극복할 수 있는 것이라고 본다.

이 衛正斥邪사상의 문제점은 正邪를 區分하는 價値判斷의 基準을 三綱五倫[6]의 人倫에 根據한 점에 있다. 이 때문에 그들은 자본주의 列强의 도전의 性格을 精神的 倫理的 道德的 側面에서 把握하고 있고 그 대응방법도 精神的 倫理的 側面에 偏重되어 朱子學에 의한 사상통일로써 문제를 해결하려고 하였다. 이 사상은 가치판단의 기준이 주관주의적 윤리관에 입각했기 때문에 강렬한 주체성을 發揚시키면서도 시대에 落後되어 문제를 해결하지 못하고 말았다.

다음, 東學사상은 단순하게 말한다면 농민층의 의식을 東洋사상의 새로운 창조적 종합에 의하여 체계화한 사상이라고 말할 수 있다. 이 사상은 위기를 대외적인 것으로만 한정하여 보지 않고 대내적으로도 민생이 塗炭에 빠졌다고 보고 대내외적으로 모두 保國安民 廣濟蒼生[7]하는 것이 당시의 과제라고 생각하였다.

이 과제를 해결하기 위해서는 종래의 儒教·佛教·道教는 모두 생명력이 喪失되

없으므로 이를 勘當할 수 없다고 보고 西學(천주교)에 對應할 수 있는 새로운 종교, 새로운 道가 필요하다고 보아 創造해낸 것이 東學이었다. 이 동학사상의 特徵의 요점을 들면 다음과 같다.

첫째, 동양의 전통적 天人合一[8]사상을 종래의 天에 중심을 두었던 것을 이제는 人에 중심을 두어 人에 중심을 두어 人이 모두 마음속에 天을 모시고 있다는 侍天主사상을 주장하였다.

둘째, 인간은 모두 하느님을 모시고 있으므로 이것은 「人乃天」 즉 사람이 곧 하느님과 같은 것이라고 본다. 따라서 인간은 모두 至貴 하고 平等한 것이다. 이 평등은 신분의 평등과 남녀의 평등을 포함하여 당시 농민의 주장인 班常差別廢止를 사상적으로 완전히 실현시켜 주었을 뿐 아니라 人類가 創案한 사상 중에서 하느님을 인간의 마음에 넣음으로써 가장 철저한 평등사상과 휴머니즘을 確立시켰다고 볼 수 있다.

셋째, 따라서 그들은 誠敬信을 다하여 이 하나님을 모신 마음을 닦아서 守心正氣[9]하면 누구든지 得道하여 君子가 되고 神仙이 될 수 있다고 본다. 이것은 장기간의 지식의 蓄積과 訓練 뒤에 君子가 된다는 朱子學의 사상체계에 정면으로 도전하는 평민의 사상이 되었다.

넷째, 모든 인간을 이 東學思想으로 教化시키면 누구나 다 得道하여 地上神仙이 될 수 있으며, 地上神仙이 모여 사는 지상천국을 建設할 수 있다고 본다. 그들은 東學으로 教化되면 西學을 두려워할 것이 없으며, 지상천국을 만들면 西洋의 도전은 자연히 극복되어 保國安民과 廣濟蒼生을 다할 수 있다고 생각하였다.

결국 東學思想은 일종의 農民 民主主義에 의한 平等社會를 실현함으로써 西勢東漸을 막아보려고 한 것이었다. 이 사상의 문제점은 서양의 도전의 성격을 종교적 측면에서 보아 西學(天主教)에 대한 對決의식에서 支配된 점에 있다. 그들은 서양의 과학기술에 두려움을 표시하면서도 이것을 本質的으로 西學에서 나온 것이라고 해석하여 極端的인 정신주의와 종교주의의 측면에서 考察하였다. 따라서 그 對應樣式도 精神主義에 偏向되어 자연과학·과학기술의 概念이 缺如되어 있으며 새 종교를 만들어 종교의 힘으로써 危機를 극복하려고 하였다.
(『韓國近代史의 再照明』, 서울대학교출판부, 1993년)

미주

1_ 위정척사사상(衛正斥邪思想): 바른 것을 즉 정(正)을 지키고 나쁜 것 즉 사(邪)를 배척하자는 주장으로 과거 중국의 전통을 귀하게 여기고 새로운 서구 사상인 천주교 사상을 천시하는 사상임.

2_ 기발음교(奇拔淫巧): 엉뚱하고 좋지 않은 기술.

3_ 세계(歲計): 세입, 세출의 총계 통상적으로 1년에 1번.

4_ 일계(日計): 하루에 한 번씩 계산.

5_ 내수외양(內修外攘): 내정은 개혁하고 외부의 것은 물리침.

6_ 삼강오륜(三綱五倫): 삼강(三綱)과 오륜(五倫). 삼강은 군위신강(君爲臣綱)·부위자강(父爲子綱)·부위부강(夫爲婦綱)이고, 오륜은 군신유의(君臣有義)·부자유친(父子有親)·부부유별(夫婦有別)·장유유서(長幼有序)·붕우유신(朋友有信)임.

7_ 광제창생(廣濟蒼生): 세상의 모든 사람을 널리 구제함.

8_ 천인합일사상(天人合一思想): 하늘과 인간이 하나라는 사상.

9_ 수심정기(守心正氣): 지공(至公)·지대(至大)·지정(至正)한 천지의 원기를 잘 마음속에 간직하다.

¤ 신출 한자 익히기

攘(양): 물리치다, 물러나다, 덜다, 제거하다

<필자소개> 愼鏞廈(1937년생): 서울대학교 명예교수. 사회학자. 저서로 『독립협회연구』·『한국근대지성사연구』 등이 있다.

증삼살인(曾參殺人)

孔子의 弟子 가운데 曾參이라는 이가 있었다. 그는 제자 가운데 가장 나이가 어린 젊은이로, 부모에 대한 孝行으로 세상에 널리 알려졌다. 그런데 증삼과 이름이 같은 사람이 사람을 죽였다. 어떤 사람이 증삼의 어머니에게, "증삼이 사람을 죽였다."고 알렸다. 그러자 그의 어머니는, "내 자식이 사람을 죽일 리 없다."고 하고 짜던 베를 여전히 짜 나가고 있었다. 다시 두 번째로 어떤 사람이 같은 말을 어머니에게 들려 드렸다. 그래도 그의 어머니는 아들을 믿는 마음에 조금도 動搖하지 않았다. 그러나 얼마 뒤 세 번째 사람으로부터 같은 말을 듣게 되자 그렇게도 흔들림이 없던 어머니도 그 때는 짜던 길쌈의 북을 던지고 달려 나갔다고 한다. 이로부터 "증삼이 사람을 죽이다."라는 말이 생겼다. "세 사람이 의심케 하면 곧 慈母도 믿을 수 없게 된다."는 말도 생겼다.

명언구(名言句)·육십갑자(六十甲子)

1. 名言句

▷精神一到면 何事不成이리요.
▷男兒須讀五車書니라.
▷玉不琢이면 不成器하고 人不學이면 不知道니라.
▷靑出於藍而靑於藍이요 氷水爲之而寒於水라.
▷一日不讀書면 口中生荊棘이라.
▷少不勤學이면 老後悔니라.
▷子孝雙親樂이요 家和萬事成이니라.
▷子欲養而親不待하고 樹欲靜而風不止라.
▷忠臣不事二君이요 烈女不更二夫니라.
▷積善之家에 必有餘慶이요 積不善之家에 必有餘殃이니라.
▷滿招損하고 謙受益이니라.
▷知彼知己면 百戰不殆니라.

2. 六十甲子

天干: 甲 乙 丙 丁 戊 己 庚 辛 壬 癸
地支: 子 丑 寅 卯 辰 巳 午 未 申 酉 戌 亥
天之十干이 與地之十二支로 相合而爲六十甲子하니 所謂六十甲子者는
甲子乙丑丙寅丁卯로 至壬戌癸亥가 是也니라. 『啓蒙篇』

【어구 풀이】

▶六十甲子: 天干 10개와 地支 12개가 순서에 따라 차례로 甲子 乙丑 丙寅… 하여 마지막 癸亥까지
돌면 그 수가 60에 이르고(천간 10개자 6회전 지지 12개자 5회전 = 60) 다시 61번째는 甲子부터
시작하게 됨. 따라서 61세가 되면 回甲 또는 還甲의 해가 됨.

한자의 기초 이해(10)

[보충⑩] 유래를 알면 유익한 한자 어휘(2)

軋轢: '軋'과 '轢'은 모두 '수레로 어떠한 것을 치거나, 어떠한 것이 치이는 경우'를 의미한다. 주로 사람이 바퀴에 치여 몸을 상하는 경우에 사용하였다. 이것은 멧돌로 곡식을 갈듯 바퀴로 압박하는 경우로 '사람을 제압하거나 능멸한다'는 의미로 轉用되었다. 거의 비슷한 방법으로 쓰이는 단어가 '踩躪'이다. 이 경우는 발로 밟는 것이고, 앞의 '알력'의 경우는 바퀴로 누르는 것이다. 현재 '軋轢'은 '압박한다'는 의미보다 '서로 맞지 않아 마찰한다'는 의미로 주로 사용한다.

渦中: '물이 휘돌아 흐르는 가운데'라는 뜻으로, 작은 배를 타고 가다가 이러한 경우에 맞닥뜨리면 물길에 휩쓸리기 마련이다. 따라서 어떠한 상황에 말려들어 어쩔 수 없는 경우를 말한다.

瓦解: '기와가 허물어지다'는 뜻인데, 기와가 허물어질 때는, 기와 하나가 빠지면 양옆의 기와는 물론이고 그 위의 기와도 허물어진다. 이런 식으로 하나가 여러 개를 물고 빠지기 때문에 한번 허물기 시작하면 많은 수의 기와가 도미노 넘어지듯 허물어지게 된다. 따라서 한 겨울 얼음이 봄바람에 녹듯 동시다발적으로 어떠한 것이 붕괴되는 경우를 의미한다.

理判事判: 理判僧·事判僧의 준말이다. 參禪하거나 佛經을 읽는 일에 전념하는 승려를 理判僧이라하고, 절의 재산을 관리하거나 사무를 처리하는 승려를 事判僧이라고 한다. 절에 들어가 승려가 되고자 할 때에는 이 두 가지 중 한 가지를 선택해야 한다. '理判事判'은 둘 중 한 가지를 선택해야 할 처지에 놓인 경우를 말한다.

銓衡: '銓衡'은 '저울' 혹은 '저울질하다'의 의미이다. 저울추를 이동시켜 저울대의 수평상태를 확인하면서 사물의 무게를 측정한다. 여기서 저울질하는 사람의 공정한 판단이 요구되는데, 사람을 선발할 때도 마찬가지이다. 사람을 저울질하는 것을 '銓衡한다'고 하고, 그 일을 하는 관리를 '銓衡官'이라고 한다. 때문에 전형관은 조선시대에는 吏曹의 관리를 지칭하는 것이었다. 또 조선시대 국가에서 필요로 하는 文章을 짓는 최고 책임자인 大提學을 文衡이라는 별칭으로 불렀다. 글의 잘 되고 못 됨을 저울질하는 사람이란 의미다.

21세기 대학생을 위한 漢字와 漢文

제15과

丁若鏞 목민관이란 무엇인가*

守슈이 百姓을 위해서 있는 것인가, 백성이 수령을 위해서 생겨난 것인가? 백성이 穀食과 옷감을 바쳐 수령을 섬기고, 또 수레와 말과 하인들을 내어 수령을 맞아들이고 떠나보내며, 또는 膏血과 津髓를 짜내어 그 수령을 살찌우고 있으니, 백성이 과연 수령을 위하여 생겨난 것인가? 그렇지 않다. 수령이 백성을 위해서 있는 것이다.

옛날에야 백성이 있었을 뿐 무슨 牧民官이 있었던가. 백성들이 옹기종기 모여 살면서 한 사람이 이웃과 다투다가 解決을 보지 못한 것을 公言을 잘하는 長老가 있었으므로 그에게 가서야 해결을 보고 네 이웃이 모두 感服한 나머지

---

* 원래의 제목은 「원목(原牧)」인데, 이 글은 정약용(丁若鏞)이 목민관(牧民官)의 바른 자세가 무엇인지를 밝히기 위해 쓴 글임. 「원목」의 '원(原)'은 어떤 사물 또는 개념의 근원을 따지는 한문 문체의 하나로 당나라 한유(韓愈)가 창시(創始)하였다. 따라서 「원목」을 풀이하면 "목민관이란 무엇인가"가 된다.

그를 推戴하여 함께 받들었는데 이름을 里正이라 하였고, 또 대여섯 마을 백성들이 그 마을에서 해결 못한 다툼거리를 가지고 遵守하고 識見이 많은 장로를 찾아가 그에게서 해결을 보고는 대여섯 마을이 모두 感服한 나머지 그를 추대하고 함께 받들어서 이름을 黨正이라 하였으며, 또 대여섯 黨의 백성들이 그 당에서 해결 못한 다툼거리를 가지고 어질고 덕이 있는 장자를 찾아가 그에게서 해결을 보고는 대여섯 당이 모두 감복하여 그를 이름하여 州長이라 하였고, 또 대여섯 州長들이 한 사람을 推戴하여 어른으로 삼고는 그를 이름하여 國君이라 하였으며, 또 여러 나라의 君들이 한 사람을 추대하여 어른으로 삼고는 그 이름을 方伯이라 하였고, 또 四方의 伯들이 한 사람을 추대하여 그를 우두머리로 삼고는 이름하여 皇王이라 하였으니, 황왕의 根本은 里正에서부터 시작된 것으로 백성을 위하여 목민관이 있었던 것임을 알 수 있다.

그때 당시는 里正이 백성의 興望에 따라서 法을 制定한 다음 黨正에게 올렸고, 당정도 백성의 여망에 따라서 법을 제정한 다음 州長에게 올렸고, 주장은 國君에게, 국군은 皇王에게 올렸었다. 그러므로 그 법들이 다 백성의 便益을 위하여 만들어졌다. 후세에 와서는 한 사람이 자기 스스로 皇帝가 된 다음 자기 아들이나 동생 그리고 侍御·僕從까지 모두 諸侯로 封하는가 하면, 그 제후들은 또 자기 私人들을 골라 州長으로 삼고, 주장은 또 자기 사인들을 推薦하여 당정·이정으로 세우고 있다. 그렇기 때문에 황제가 자기 慾心대로 법을 만들어서 제후에게 주면 제후는 또 자기 욕심대로 법을 만들어서 주장에게 주고, 주장은 당정에게, 당정은 이정에게 법을 만들어 준다. 그러므로 그 법이라는 것이 다 임금은 높고 백성은 낮으며, 아랫사람 것을 긁어다가 윗사람에게 붙여주는 격이 되어, 얼핏 보기에 백성이 목민관을 위하여 있는 꼴이 되고 있다.

지금의 守令이 옛날로 치면 諸侯들인데 그들의 宮室과 輿馬, 衣服과 飮食 그리고 좌우의 便嬖·侍御·僕從[1]들이 거의 國君과 맞먹는 狀態인데다, 그들의 權能이 사람을 慶事롭게 만들 수도 있고 그들의 刑罰과 威勢는 사람을 겁주기에 充分하다. 그리하여 倨慢하게 제 스스로 높은 체하고 泰然히 제 혼자 좋아서 자신이 목민자임을 잊어버리고 있다.

한 사람이 다투다가 해결을 위하여 가게 되면 곧 不快한 表情으로 하는 말이

"왜 그리도 시끄럽게 구느냐" 하고, 한 사람이 굶어 죽기라도 하면 "제가 스스로 잘못해서 죽었다" 하며, 곡식이나 옷감을 생산하여 섬기지 않으면 매질이나 몽둥이질을 하여 피를 보고서야 그칠 뿐만 아니라, 날마다 돈꾸러미나 세고 夾注·塗乙−2을 일기삼아 記錄하여 돈과 베를 거두어들여서 田地와 집을 장만하고, 權貴·宰相에게 賂物을 쓰는 것을 일삼아 後日의 利益을 圖謀하고 있다. 그리하여 "백성이 수령을 위하여 생겨났다"는 것이 어찌 이치에 닿기나 하는가. 수령이 백성을 위하여 있는 것이다. (丁若鏞, 『與猶堂全書』)

미주

1_ 편폐(便嬖)·시어(侍御)·복종(僕從): '편폐'는 총애하는 사람, '시어'는 모시는 사람, '복종'은 노복·하인을 말함.
2_ 협주(夾注)·도을(塗乙): '협주'는 문장 가운데 작은 글자로 註를 끼워 넣은 것을 말함. '도을'은 문장 가운데 틀린 글자를 지우고 빠진 글자를 끼워 넣는 일을 말함.

¤ 신출 한자 익히기

鏞(용): 종, 큰 종
膏(고): 살찌다, 기름진 땅, 기름
髓(수): 골수, 사물의 중심
戴(대): 이다, 느끼다, 생각하다
僕(복): 종, 마부, 자기의 謙稱(겸칭)
嬖(폐): 사랑하다, 귀인에게 총애 받는 천한 사람
夾(협): 끼다, 부축하다, 손잡이, 칼자루
賂(뢰): 뇌물, 뇌물 주다, 재화

<필자소개> 丁若鏞(1762~1836): 조선후기의 사상가·문인. 이른바 '一表二書'로 알려진 『經世遺表』, 『欽欽新書』, 『牧民心書』를 비롯한 다수의 저술이 『與猶堂全書』로 묶여 편찬되었다.

복수불반분(覆水不返盆)

중국 周나라 姜太公이 벼슬하기 전에 독서를 하거나 낚시로 세월을 보내고 있었다. 그의 아내 마씨는 아무런 일도 하지 않고 지내는 남편이 늘 못마땅하였다. 낚시를 해도 물고기 한 마리 잡아오는 일이 없었다. 그러자 아내 馬氏는 남편의 일이 미심쩍었던지 하루는 그의 낚시를 보았다. 그런데 이게 웬일인가! 갈고리 모양으로 되어 있어야 할 낚시가 곧은 바늘이 아닌가. 곧은 낚시를 본 마씨는 결국 그의 곁을 미련 없이 떠나버렸다. 그 무렵 周나라 文王은 인재를 널리 구하고 있었다. 문왕은 渭水에서 곧은 낚시를 한다는 이인의 소문을 듣고, 몸소 강태공을 찾아갔다. 그의 人格과 識見에 감명을 받은 문왕은 그를 발탁하여 스승으로 삼았다. 그 뒤 강태공은 문왕의 아들 무왕을 도와 殷나라를 멸하고 천하를 평정하였다. 그 공으로 齊나라에 봉함을 받고, 그 나라의 시조가 되었다.

마씨는 강태공이 출세하였다는 소식을 듣고, 지난날 자신의 처신을 뉘우치고, 그를 찾아갔다. 강태공은 마씨가 보는 앞에서 물을 담은 그릇을 땅바닥에 쏟아 놓고, 그녀에게 쏟은 물을 도로 그릇에 담게 하였다. 엎지른 물을 다시 그릇에 담으려고 하였으나, 손에 잡히는 것은 진흙뿐이었다. 강태공은, "당신과 나의 관계는 이미 엎지른 물이 되었소. 이제 와서 다시 옛날로 돌아갈 수 있겠소?"라 하니 마씨는 깊이 후회하고 발길을 돌릴 수밖에 없었다.

오언시(五言詩)·칠언시(七言詩)

1. 五言詩

1) 五言絶句

〈**與隋將于仲文詩**〉 乙支文德

神策究天文　妙算窮地理
戰勝功旣高　知足願云止

【어구 풀이】

▸與隋將于仲文詩(여수장우중문시): 수나라 장수 우중문에게 시를 보냄.
▸乙支文德(을지문덕): 고구려 장수.
▸神策(신책): 귀신같은 책략.
▸究天文(구천문): 하늘의 이치를 꿰뚫음. 日月星辰의 운행을 환하게 앎.
▸妙算(묘산): 묘한 계산.
▸窮地理(궁지리): 땅의 이치를 다 했다(통했다). 山川草木의 형세를 잘 파악함.
▸知足願云止(지족원운지): 만족할 줄 알고 그치기를 바란다.
▸ 이 시에는 <孟子, 公孫丑下>에 나오는 "天時不如地利, 地利不如人和라"는 부분이 用事되어 있다.
▸古詩(고체시): 唐代 近體詩(今體詩)에 상대되는 형체로 平仄法이 엄격히 적용되지 않는 시이다.

2) 五言律詩

〈浮碧樓〉 李穡

昨過永明寺　暫登浮碧樓
城空月一片　石老雲千秋
麟馬去不返　王孫何處遊
長嘯倚風磴　山青江自流

【어구 풀이】

- ▶ 浮碧樓(부벽루): 평양 대동강변 永明寺에 있는 누대명.
- ▶ 李穡(이색): 字는 穎叔, 號는 牧隱이다. 元朝에 及第하여 翰林知制誥를 지냈고 恭愍王 때 侍中에 올랐으며 朝鮮朝에서 韓山伯을 封했고 諡號는 文靖公이다.
- ▶ 永明寺(영명사): 평양 대동강변에 있는 절.
- ▶ 暫登(잠등): 잠시 오른다.
- ▶ 城空月一片(성공월일편): 성은 비어있는데 달만 한 조각 떠있다.
- ▶ 麟馬(인마): 기린마. 동명성왕이 타던 말.
- ▶ 去不返(거불반): 가버리고 돌아오지 않음.
- ▶ 王孫(왕손): 동명성왕.
- ▶ 何處遊(하처유): 어디에서 노는가? 어디에 갔는가? 즉, 사라지고 없다.
- ▶ 長嘯(장소): 길게 휘파람 불며.
- ▶ 倚風磴(의풍등): 돌계단에 기대 서 있자니.
- ▶ 山青江自流(산청강자류): 산은 푸르고 강은 절로 흐른다.(山自靑江自流)

2. 七言詩

1) 七言絶句

〈北征〉 南怡

白頭山石磨刀盡　豆滿江流飲馬無
男兒二十未平國　後世誰稱大丈夫

【어구 풀이】

▸ 北征(북정): 북쪽을 정벌하다.
▸ 南怡(남이): 十七歲에 武科에 壯元及第하여 북녘 오랑캐 토벌에 많은 功을 세우고 二十七歲에는 兵曹判書까지 올랐으나 睿宗時에 柳子光의 誣告로 誅殺되고 말았다. 誣告할 때 이 시의 '男兒二十未平國'의 '未平國'을 '未得國'으로 고쳐 임금에게 무고하니 謀逆으로 處刑되었다고 한다.
▸ 磨(마): 갈다.

2) 七言律詩

〈重九日題益陽守李容明遠樓〉鄭夢周

靑溪石壁抱州回, 更起新樓眼豁開,
南畝黃雲知歲熟, 西山爽氣覺朝來,
風流太守二千石, 邂逅故人三百盃,
直欲夜深吹玉笛, 高攀明月共徘徊.

【어구 풀이】

▶鄭夢周:(1337~1392): 고려 후기의 문신 · 학자. 고려의 국운을 바로잡고자 하였으나 이성계의 신흥세력에게 꺾였다.

▶明遠樓(명원루): 경상도 영천에 있던 누.

▶南畝(남묘): 남쪽 들, 앞 들.

▶知歲熟(지세숙): 풍년 농사 알려줌.

▶覺朝來(각조래): 아침이 온 줄 깨닫겠네.

▶二千石(이천석): 漢나라 太守에게는 祿俸으로 이천 석을 주었고, 그 밑의 丞에게는 육백 석을 주었다.

▶邂逅(해후): 오랜만에 만남.

▶攀(반): 잡을 반.

▶이 시는 익양태수 이용이 세운 明遠樓를 제재로 하여 지은 시로, 명원루 주변의 眼豁開(안활개: 시야가 확 트임)한 모습을 노래하면서, 현장의 공간을 仙界로 미화하고 있다.

한자의 기초 이해(11)

[보충⑪] 유래를 알면 유익한 한자 어휘(3)

點心: 불교 용어로서 正食 전후의 小食을 말하는데, 小食으로 텅 빈 속[心]을 약간 적신다[點]는 의미이다.

正鵠: '과녁의 중심'을 의미하는데, '正'과 '鵠'은 모두 새이름이다. 무명천을 사용하여 '正'을 그려 넣은 과녁과 가죽을 사용하여 '鵠'을 걸어놓은 과녁, 이 두 가지를 의미한다. 지금은 '일의 핵심' 혹은 '정확한 목표'의 의미로 사용한다.

注文: 注 는 원래 '물대다'의 의미인데, 古籍의 文句를 설명할 때 '이해하기 어려운 옛말을 당시 통용어로 해석한다'는 의미로 사용하였다. '옛말을 풀이한 글'인 注文은 古籍의 원문 옆이나 아래에 덧붙여 적어 그것을 볼 때에 참고할 수 있도록 한 것이었다. 그러나 이렇게 추가로 덧붙인 주문은 이것을 참고하여 여기에서 설명한대로 본문을 이해할 것을 요구하는 성격을 지녀서, 주문이 '어떠한 사항에 대해 추가로 상세히 알아야만 할 것' 혹은 '어떠한 사항에 대해 특별히 주의를 기울여야 할 것'이란 의미를 지니게 되었다. 현재는 '요구'의 뜻이 강조되어 '어떠한 작업이나 물건에 대한 요청'이라 의미로 사용된다.

桎梏: '桎'은 발에 채우는 형틀이고, '梏'은 손에 채우는 형틀이다. 이것은 죄인에게 씌우는 것으로 그의 자유를 구속하게 된다. 따라서 어떠한 개인이나 단체가 속박을 당하거나 제제를 받는 경우에 이 단어를 사용한다.

輻輳: '輻'은 수레의 '바퀴살'을 의미하며, '輳'는 모여든다는 의미이다. 바퀴살이 모이는 곳. 즉 바퀴의 중심부분이 된다. 바퀴살이 사방에서 중심통으로 모여들기 때문에, '輻輳'라고 하면 '어떤 것이 사방에서 한군데로 모여드는 경우'를 표현할 때 쓰인다.

21세기 대학생을 위한 漢字와 漢文

부 록

부록 1. 부수표

部首名稱			
1획		火 [灬]불화	自 스스로자	革 가죽혁

火 [灬]불화 — 自 스스로자 — 革 가죽혁
爪 손톱조머리 — 至 이를지 — 韋 가죽위
父 아비부 — 臼 절구구 — 韭 부추구
爻 점괘효 — 舌 혀설 — 音 소리음
爿 장수장변 — 舛 어그러질천 — 頁 머리혈
片 조각편 — 舟 배주 — 風 바람풍
牙 어금니아 — 艮 괘이름간 — 飛 날비
牛 [牜]소우 — 色 빛색 — 食 먹을식
犬 [犭]개견 — 艸 [艹]초두머리 — 首 머리수

1획
一 한일
丨 뚫을곤
丶 점주
丿 삐침
乙 새을
亅 갈고리궐

2획
二 두이
亠 돼지머리해
人 [亻]사람인
儿 어진사람인
入 들입
八 여덟팔
冂 멀경몸
冖 민갓머리
冫 이수변
几 안석궤
凵 위튼입구몸
刀 [刂]칼도
力 힘력
勹 쌀포몸
匕 비수비
匚 튼입구몸
匸 감출혜몸
十 열십
卜 점복
卩 [㔾]병부절
厂 민엄호
厶 마늘모
又 또우

3획
口 입구
囗 큰입구몸
土 흙토
士 선비사
夂 뒤져올치
夊 천천히걸을쇠
夕 저녁석
大 큰대
女 계집녀
子 아들자
宀 갓머리
寸 마디촌

小 작을소
尢 절름발이왕
尸 주검시
屮 싹날철
山 메산
巛 개미허리
工 장인공
己 몸기
巾 수건건
干 방패간
幺 작을요
广 엄호
廴 민책받침
廾 스물입발
弋 주살익
弓 활궁
彐 [彑]튼가로왈
彡 터럭삼
彳 두인변

4획
心 [忄]마음심
戈 창과
戶 지게호
手 [扌]손수
支 버틸지
攴 [攵]칠복
文 글월문
斗 말두
斤 도끼근
方 모방
无 없을무
日 날일
曰 가로왈
月 달월
木 나무목
欠 하품흠방
止 그칠지
歹 죽을사변
殳 갖은등글월문
毋 말무
比 견줄비
毛 털모
氏 각시씨
气 기운기엄
水 [氵]물수

玄 검을현
玉 [王]구슬옥
瓜 오이과
瓦 기와와
甘 달감
生 날생
用 쓸용
田 밭전
疋 짝필
疒 병질엄
癶 필발머리
白 흰백
皮 가죽피
皿 그릇명
目 눈목
矛 창모
矢 화살시
石 돌석
示 [礻]보일시
内 짐승발자국유
禾 벼화
穴 구멍혈
立 설립

6획
竹 대나무죽
米 쌀미
糸 실사
缶 장군부
网 그물망
羊 양양
羽 깃우
老 [耂]늙을로
而 말이을이
耒 쟁기뢰
耳 귀이
聿 오직율
肉 고기육
臣 신하신

自 스스로자
至 이를지
臼 절구구
舌 혀설
舛 어그러질천
舟 배주
艮 괘이름간
色 빛색
艸 [艹]초두머리
虍 범호엄
虫 벌레훼
血 피혈
行 갈행
衣 [衤]옷의
襾 덮을아

7획
見 볼견
角 뿔각
言 말씀언
谷 골곡
豆 콩두
豕 돼지시
豸 갖은돼지시
貝 조개패
赤 붉을적
走 달릴주
足 발족
身 몸신
車 수레거
辛 매울신
辰 별신
辵 쉬엄쉬엄걸어갈착
邑 고을읍
酉 닭유
釆 분별할변
里 마을리

8획
金 쇠금
長 [镸]길장
門 문문
阜 언덕부
隶 미칠이
隹 새추
雨 비우
靑 푸를청
非 아닐비

9획
面 낯면

革 가죽혁
韋 가죽위
韭 부추구
音 소리음
頁 머리혈
風 바람풍
飛 날비
食 먹을식
首 머리수
香 향기향

10획
馬 말마
骨 뼈골
高 높을고
髟 터럭발엄
鬥 싸울투
鬯 울창주창
鬲 다리굽은솥력
鬼 귀신귀

11획
魚 물고기어
鳥 새조
鹵 소금밭로
鹿 사슴록
麥 보리맥
麻 삼마

12획
黃 누를황
黍 기장서
黑 검을흑
黹 바느질할치

13획
黽 맹꽁이맹
鼎 솥정
鼓 북고
鼠 쥐서

14획
鼻 코비
齊 가지런할제

15획
齒 이치

16획
龍 용룡
龜 거북귀

17획
龠 피리약

부록 2. 한자 번체(繁體)-간체(簡體) 대조표

　현재 중국에서 쓰이는 한자는 '간화자(簡化字)' 또는 '간체자(簡體字)'라고 불리는 필획을 대폭 줄인 한자이다. 우리가 쓰는 한자 正字는 '번체자(繁體字)'라고 부른다. 중국에서 사용하는 한자는 6,300자 정도인데 이 중 간체자는 2,238자이다.

　간체자는 중국대륙과 싱가포르에서 사용하고 있고, 번체자는 대만 홍콩 그리고 우리나라와 일본에서 사용한다. 간체자를 만든 원리는 다음과 같다.

1. 한자의 본래의 윤곽을 유지하면서 간략화 함.
   卤(鹵) 娄(婁) 伞(傘) 肃(肅)
2. 한자의 특징되는 일부분만 남기고 나머지를 제거함.
   竞(競) 务(務) 医(醫) 开(開)
3. 한자의 일부를 간단하게 고침.
   运(運) 辽(遼) 补(補) 硷(鹼)
4. 회의자의 원리에 따라 만듦.
   尘(塵) 体(體) 双(雙)
5. 초서에서 따옴.
   时(時) 东(東) 长(長) 书(書)
6. 민간에서 쓰이던 글자를 가져옴.
   仅(僅) 赵(趙) 区(區) 权(權)
7. 같은 음의 쉬운 글자로 대체함.
   丑(醜) 后(後) 几(幾) 余(餘)
8. 고대의 본래 글자를 가져옴.
   万(萬) 无(無) 尔(爾) 从(從)

價	价	값	가	競	竞	겨룰	경	購	购	살	구
傢	家	가구	가	驚	惊	놀랄	경	鉤	钩	갈고랑이	구
殼	壳	껍질	각	係	系	걸릴	계	龜	龟	거북	구
墾	垦	따비할	간	啓	启	열	계	國	国	나라	국
懇	恳	정성	간	繫	系	맬	계	麴	曲	누룩	국
揀	拣	가릴	간	繼	継	이을	계	窮	穷	다할	궁
艱	艰	어려울	간	階	阶	섬돌	계	勸	劝	권할	권
趕	赶	쫓을	간	鷄	鸡	닭	계	捲	卷	말	권
幹	干	줄기	간	顧	顾	돌아볼	고	權	权	저울추	권
乾	干	하늘	건	穀	谷	곡식	곡	櫃	柜	함	궤
監	监	볼	감	睏	困	졸릴	곤	歸	归	돌아갈	귀
鹼	硷	소금기	감	鞏	巩	묶을	공	竅	窍	구멍	규
岡	冈	산등성이	강	誇	夸	자랑할	과	剋	克	이길	극
薑	姜	생강	강	過	过	지날	과	劇	剧	심할	극
講	讲	익힐	강	夥	伙	많을	과	極	极	다할	극
個	个	낱	개	觀	观	볼	관	僅	仅	겨우	근
蓋	盖	덮을	개	關	关	빗장	관	幾	几	몇	기
豈	岂	어찌	개	颳	刮	모진바람	괄	氣	气	기운	기
開	开	열	개	廣	广	넓을	광	羅	罗	새 그물	나
據	据	의거할	거	塊	块	흙덩이	괴	樂	乐	즐길	낙
舉	举	들	거	壞	坏	무너질	괴	亂	乱	어지러울	난
擊	击	부딪칠	격	轟	轰	울릴	굉	欄	栏	난간	난
牽	牵	끌	견	喬	乔	높을	교	爛	烂	문드러질	난
繭	茧	고치	견	膠	胶	아교	교	蘭	兰	난초	난
見	见	볼	견	區	区	지경	구	難	难	어려울	난
潔	洁	깨끗할	결	懼	惧	두려워할	구	臘	腊	납향	납
慶	庆	경사	경	構	构	얽을	구	蠟	蜡	밀	납
瓊	琼	옥	경	舊	旧	예	구	寧	宁	편안할	녕

爐	炉	화로	
盧	卢	밥 그릇	노
虜	虏	포로	노
錄	录	기록할	녹
農	农	농사	농
惱	恼	괴로워할	뇌
腦	脑	뇌	뇌
壘	垒	진	누
單	单	홑	단
團	团	둥글	단
壇	坛	단	단
斷	断	끊을	단
達	达	통달할	달
擔	担	멜	담
膽	胆	쓸개	담
罈	坛	술병	담
當	当	당할	당
黨	党	무리	당
對	对	대답할	대
帶	带	띠	대
臺	台	돈대	대
隊	队	대	대
圖	图	그림	도
塗	涂	진흙	도
導	导	이끌	도
獨	独	홀로	독
動	动	움직일	동
東	东	동녘	동

鼕	冬	북 소리	동
頭	头	머리	두
鬪	斗	싸울	두
燈	灯	등잔	등
謄	誊	베낄	등
鄧	邓	나라이름	등
攔	拦	막을	란
來	来	올	래
兩	两	두	량
糧	粮	양식	량
廬	庐	오두막집	려
慮	虑	생각할	려
驢	驴	나귀	려
麗	丽	고울	려
曆	历	책력	력
歷	历	지날	력
憐	怜	불쌍히 여길	련
煉	炼	불릴	련
練	练	익힐	련
聯	联	잇달	련
簾	帘	발	렴
獵	猎	사냥	렵
嶺	岭	재	령
靈	灵	신령	령
禮	礼	예도	례
隸	隶	붙을	례
蘆	芦	갈대	로
鹵	卤	소금	로

滷	卤	소금밭	로
療	疗	병 고칠	료
瞭	了	밝을	료
遼	辽	멀	료
龍	龙	용	룡
婁	娄	별 이름	루
劉	刘	죽일	류
類	类	무리	류
陸	陆	뭍	륙
侖	仑	둥글	륜
裏	里	속	리
離	离	떼놓을	리
鄰	邻	이웃	린
臨	临	임할	림
馬	马	말	마
麼	么	잘	마
萬	万	일만	만
襪	袜	버선	말
網	网	그물	망
買	买	살	매
賣	卖	팔	매
麥	麦	보리	맥
務	务	일	무
無	无	없을	무
畝	亩	이랑	무
霧	雾	안개	무
門	门	문	문
黴	霉	매우	매

繁體	簡體	訓	音
黽	黾	힘쓸	민
撲	扑	칠	박
樸	朴	통나무	박
盤	盘	소반	반
礬	矾	명반	반
闆	板	문안에서 볼	반
發	发	필	발
髮	发	터럭	발
幫	帮	도울	방
範	范	법	범
闢	辟	열	벽
邊	边	가	변
彆	别	활 뒤틀릴	별
報	报	갚을	보
寶	宝	보배	보
補	补	기울	보
僕	仆	종	복
蔔	卜	무	복
鳳	凤	봉새	봉
婦	妇	며느리	부
膚	肤	살갗	부
復	夏 / 複	겹옷	복
墳	坟	무덤	분
奮	奋	떨칠	분
糞	粪	똥	분
備	备	갖출	비
飛	飞	날	비
賓	宾	손	빈

繁體	簡體	訓	音
蘋	苹	네가래	빈
憑	凭	기댈	빙
寫	写	베낄	사
師	师	스승	사
捨	舍	버릴	사
辭	辞	말	사
傘	伞	우산	산
産	产	낳을	산
殺	杀	죽일	살
澀	涩	떫을	삽
傷	伤	상처	상
償	偿	갚을	상
喪	丧	죽을	상
嘗	尝	맛볼	상
狀	状	형상	상
嗇	啬	아낄	색
書	书	쓸	서
選	选	가릴	선
鏇	旋	돌	선
褻	亵	더러울	설
殲	歼	다 죽일	섬
纖	纤	가늘	섬
葉	叶	잎	엽
聶	聂	소곤거릴	섭
聖	圣	성스러울	성
聲	声	소리	성
勢	势	기세	세
歲	岁	해	세

繁體	簡體	訓	音
掃	扫	쓸	소
蘇	苏	차조기	소
屬	属	엮을	속
孫	孙	손자	손
鬆	松	헝클어질	송
灑	洒	뿌릴	쇄
曬	晒	쬘	쇄
壽	寿	목숨	수
帥	帅	장수	수
樹	树	나무	수
獸	兽	짐승	수
隨	随	따를	수
雖	虽	비록	수
鬚	须	수염	수
肅	肃	엄숙할	숙
術	术	꾀	술
濕	湿	축축할	습
習	习	익힐	습
勝	胜	이길	승
時	时	때	시
實	实	열매	실
審	审	살필	심
尋	寻	찾을	심
瀋	沈	강이름	심
雙	双	쌍	쌍
亞	亚	버금	아
兒	儿	아이	아
壓	压	누를	압

愛	爱	사랑	애	穩	稳	평온할	온	醫	医	의원	의
礙	碍	거리낄	애	醞	酝	빚을	온	爾	尔	너	이
爺	爷	아비	야	擁	拥	안을	옹	認	认	알	인
藥	药	약	약	癰	痈	악창	옹	藉	借	깔개	자
躍	跃	뛸	약	窪	洼	웅덩이	와	戔	戋	쌓일	전
鑰	钥	자물쇠	약	堯	尧	요임금	요	蠶	蚕	누에	잠
樣	样	모양	양	擾	扰	어지러울	요	雜	杂	섞일	잡
讓	让	사양할	양	傭	佣	품팔이	용	壯	壮	씩씩할	장
釀	酿	빚을	양	踴	踊	뛸	용	將	将	장차	장
陽	阳	볕	양	優	优	넉넉할	우	奬	奖	권면할	장
養	养	기를	양	憂	忧	근심할	우	漿	浆	미음	장
癢	痒	가려울	양	郵	邮	역참	우	臟	脏	내장	장
禦	御	막을	어	運	运	돌	운	莊	庄	풀 성할	장
魚	鱼	고기	어	雲	云	구름	운	裝	装	꾸밀	장
億	亿	억	억	鬱	郁	막힐	울	贓	赃	장물	장
憶	忆	생각할	억	園	园	동산	원	醬	酱	젓갈	장
嚴	严	엄할	엄	遠	远	멀	원	長	长	길	장
業	业	업	업	願	愿	원할	원	妝	妆	꾸밀	장
與	与	줄	여	爲	为	할	위	樁	桩	말뚝	장
餘	余	나	여	衛	卫	지킬	위	髒	脏	오물	장
淵	渊	못	연	韋	韦	다룸가죽	위	齋	斋	재계할	재
熱	热	더울	열	猶	犹	오히려	유	纔	才	겨우	재
厭	厌	싫을	염	籲	吁	부를	유	這	这	이	저
鹽	盐	소금	염	隱	隐	숨길	은	敵	敌	원수	적
藝	艺	심을	예	陰	阴	응달	음	積	积	쌓을	적
譽	誉	기릴	예	應	应	응할	응	適	适	갈	적
烏	乌	까마귀	오	擬	拟	헤아릴	의	糴	籴	쌀 사들일	적
襖	袄	웃옷	오	義	义	옳을	의	專	专	오로지	전

戰	战	싸울	전	衆	众	무리	중	薦	荐	천거할	천
氈	毡	모전	전	證	证	증거	증	遷	迁	옮길	천
澱	淀	앙금	전	祇	祗	공경할	지	韆	千	그네	천
纏	缠	얽힐	전	遲	迟	늦을	지	徹	彻	통할	철
電	电	번개	전	塵	尘	티끌	진	鐵	铁	쇠	철
癤	疖	부스럼	절	盡	尽	다할	진	僉	金	다	첨
竊	窃	훔칠	절	儘	尽	다할	진	簽	签	농	첨
節	节	마디	절	進	进	나아갈	진	廳	厅	관청	청
點	点	점	점	質	质	바탕	질	聽	听	들을	청
摺	折	접을	접	執	执	잡을	집	遞	递	갈마들	체
鄭	郑	나라 이름	정	徵	征	부를	징	體	体	몸	체
製	制	지을	제	懲	惩	혼날	징	礎	础	주춧돌	초
際	际	사이	제	癥	症	적취	징	燭	烛	촛불	촉
齊	齐	가지런할	제	車	车	수레	차	觸	触	닿을	촉
條	条	가지	조	鑿	凿	뚫을	착	叢	丛	모일	총
棗	枣	대추나무	조	燦	灿	빛날	찬	總	总	거느릴	총
趙	赵	나라	조	竄	窜	숨을	찬	聰	聪	귀 밝을	총
鳥	鸟	새	조	鑽	钻	끌	찬	芻	刍	꼴	추
竈	灶	부엌	조	參	参	간여할	참	醜	丑	추할	추
糶	粜	쌀 내어 팔	조	懺	忏	뉘우칠	참	鞦	秋	그네	추
從	从	좇을	종	讒	谗	참소할	참	築	筑	쌓을	축
種	种	씨	종	攙	搀	찌를	참	蟲	虫	벌레	충
腫	肿	부스럼	종	饞	馋	탐할	참	衝	冲	찌를	충
鍾	钟	쇠북	종	倉	仓	곳집	창	層	层	층	층
鐘	钟	술그릇	종	廠	厂	헛간	창	緻	致	밸	치
晝	昼	낮	주	處	处	살	처	齒	齿	이	치
硃	朱	주사	주	隻	只	새한마리	척	親	亲	친할	친
準	准	승인할	준	齣	出	단락	척	襯	衬	속옷	친

寢	寝	잠잘	침
稱	称	일컬을	칭
墮	堕	떨어질	타
橢	椭	길쭉할	타
濁	浊	흐릴	탁
嘆	叹	탄식할	탄
奪	夺	빼앗을	탈
態	态	모양	태
颱	台	태풍	태
噸	吨	톤	톤
噹	当	방울	당
罷	罢	방면할	파
辦	办	힘쓸	판
貝	贝	조개	패
幣	币	비단	폐
斃	毙	넘어질	폐
壩	坝	방죽	패
標	标	우듬지	표
錶	表	시계	표
風	风	바람	풍
豐	丰	풍년	풍
畢	毕	마칠	필
筆	笔	붓	필
蝦	虾	새우	하
嚇	吓	노할	혁
瘧	疟	학질	학
漢	汉	한수	한
艦	舰	싸움배	함

鹹	咸	짤	함
閤	合	쪽문	합
航	肮	살찔	항
嚮	向	향할	향
鄉	乡	시골	향
響	响	울림	향
憲	宪	법	헌
獻	献	바칠	헌
懸	悬	매달	현
縣	县	매달	현
顯	显	나타날	현
頁	页	머리	혈
協	协	맞을	협
夾	夹	낄	협
脅	胁	옆구리	협
壺	壶	병	호
號	号	부르짖을	호
護	护	보호할	호
滬	沪	강 이름	호
鬍	胡	수염	호
華	华	꽃	화
畫	画	그림	화
確	确	굳을	확
穫	获	벼 벨	확
歡	欢	기뻐할	환
環	环	고리	환
還	还	돌아올	환
匯	汇	물 돌아나갈	회

廻	回	돌	회
懷	怀	품을	회
會	会	모일	회
劃	划	그을	획
獲	获	얻을	획
後	后	뒤	후
彙	汇	무리	휘
虧	亏	이지러질	휴
釁	衅	피바를	흔
興	兴	일	흥
犧	牲	희생	희
戲	戏	탄식할	희

간체자 편방과 사용 예

간체자 편방	사용 예	번체자
讠	讲	講
饣	饮	飲
昜	场	場
纟	线	線
㔾	坚	堅
炏	萤	螢
览	览	覽
只	识	識
钅	钱	錢
𭕄	学	學
圣	驿	驛
圣	经	經
亦	弯	彎
呙	锅	鍋

부록 3. 사자성어(四字成語)

· 苛斂誅求(가렴주구): 세금 따위를 가혹하게 거두어들이고, 재물을 강제로 빼앗음.

· 刻骨難忘(각골난망): 입은 은혜가 뼈에 사무쳐 잊지 못함.

· 甘言利說(감언이설): 달콤한 말과 이로운 말. 남을 유혹하기 위해 하는 말.

· 甲論乙駁(갑론을박): 갑이 논하고 을이 반박한다는 뜻으로, 여러 사람들이 이러쿵저 러쿵 서로 자기 의견을 내세우고 남의 의견을 반박함.

· 改過遷善(개과천선): 허물을 고치고 옳은 길로 들어섬.

· 牽强附會(견강부회): 당치 않은 말을 억지로 끌어다 붙여 조건이나 이치에 맞도록 함.

· 敬天愛人(경천애인): 하늘을 공경하고 사람을 사랑함.

· 過猶不及(과유불급): 지나침은 미치지 못함과 같다는 뜻으로 '중용'이 중요하다는 말.

· 金科玉條(금과옥조): 금이나 옥처럼 훌륭한 법률.

· 金枝玉葉(금지옥엽): 황금으로 된 나뭇가지와 옥으로 만든 잎이란 뜻으로, 임금의 자 손이나 집안을 높여서 이르는 말 또는 귀여운 자손.

· 勞心焦思(노심초사): 애를 쓰고 속을 태움. 몹시 애를 태움.

· 黨同伐異(당동벌이): 뜻이 맞는 사람끼리는 한패가 되고 그렇지 않은 사람은 물리친 다는 말.

· 東問西答(동문서답): 동쪽을 묻는 데 서쪽을 대답함.
묻는 말에 대하여 아주 딴판인 엉뚱한 대답.

· 燈下不明(등하불명): 등잔 밑이 어둡다. 가까이 있는 것을 모르거나 도리어 알기 어 렵다는 뜻.

· 茫然自失(망연자실): 정신을 잃어 어리둥절함.

· 滅私奉公(멸사봉공): 사적인 욕심을 버리고 공적인 것을 받듦.

· 目不忍見(목불인견): 눈으로 차마 볼 수 없음.

· 無爲徒食(무위도식): 아무것도 하는 일 없이 먹고 놀기만 함.

· 百年偕老(백년해로): 부부가 백년을 함께 늙음.

· 白衣從軍(백의종군): 벼슬 없이 군역을 담당함.

· 兵家常事(병가상사): 전쟁에서 늘 있는 일. 즉 전쟁에서 한 번 이기고 지는 것은 흔히 있는 일이라는 뜻.

· 本末顚倒(본말전도): 본말이 뒤바뀜. 중요한 일과 그렇지 않는 일이 뒤바뀜.

· 不可思議(불가사의): 생각할 수 없는 일로 신비스러운 일.

· 不要不急(불요불급): 꼭 필요하지도 않고 급하지도 않음.

· 砂上樓閣(사상누각): 모래위에 세운 높은 건물이라는 뜻으로, 겉모양은 번듯하지만 기초가 약하여 오래가지 못하는 것.

· 森羅萬象(삼라만상): 우주 속에 존재하는 온갖 사물과 모든 현상.

· 雪上加霜(설상가상): 눈 위에 또 서리가 덮인다는 뜻으로, 어려운 일 또는 행한 일을 당하고 있는 데 또 다른 불행이 겹쳐 일어남을 비유하여 이르는 말.

· 束手無策(속수무책): 손이 묶인 듯이 어찌할 방책이 없어 꼼짝 못하고 있는 형편.

· 新陳代謝(신진대사): 묵은 것이 없어지고 새것이 대신 생김. 생물이 생존하기 위해서 필요한 물질을 채용하고, 불필요한 물질을 체외로 내보내는 것.

· 實事求是(실사구시): 사실에 근거하여 옳은 것을 구함.

· 十匙一飯(십시일반): 열 사람이 한 술씩 밥을 보태면 한 사람 먹을 분량이 된다는 뜻으로, 여러 사람이 힘을 합하면 한 사람쯤은 구제하기 쉽다는 말.

· 我田引水(아전인수): 자신의 논에 물을 끌어댄다는 뜻으로, 주변은 생각하지 않고 자신에게만 유리하도록 생각하거나 행동함.

· 惡因惡果(악인악과): 악한 일을 하면 반드시 악한 결과가 옴.

· 言中有骨(언중유골): 말 가운데 뼈가 있다는 뜻으로, 예사로운 말 같으나 그 속에는 단단한 속뜻이 있다는 말.

· 寤寐不忘(오매불망): 자나 깨나 잊지 못함.

· 烏飛梨落(오비이락): 까마귀 날자 배 떨어진다는 뜻으로, 공교롭게도 어떤 일이 같은 때에 일어나 남의 의심을 받게 됨.

· 溫故知新(온고지신): 옛 것을 연구하여 거기서 새로운 지식이나 도리를 찾아 내는 일.

· 迂餘曲折(우여곡절): 여러 가지로 뒤얽힌 복잡한 사정이나 변화.

· 旭日昇天(욱일승천): 떠오르는 해가 하늘로 오르듯이, 어떤 일이 잘 풀리는 것을 형

용하는 말.

· 有口無言(유구무언): 입은 있으나 할 말이 없다는 뜻으로, 변명할 말이 없음.

· 有備無患(유비무환): 준비가 되어 있으면 걱정할 것이 없음.

· 二律背反(이율배반): 서로 모순되는 두 명제가 동등한 타당성을 가지고 주장되는 일.

· 因果應報(인과응보): 불교에서 과거 또는 전생의 선악 인연에 따라 뒷날 길흉화복의 갚음을 받게 됨을 이르는 말.

· 一瀉千里(일사천리): 물이 빨리 흘러 단번에 천리에 다다른다는 뜻으로, 사물이 조금 도 거침없이 빠르게 진행됨.

· 臨機應變(임기응변): 그때그때 처한 상황에 따라 적절한 조치를 취하는 것.

· 自激之心(자격지심): 자기가 한 일에 대하여 스스로 미흡하게 여기는 마음.

· 自然淘汰(자연도태): 생물은 환경 등의 조건에 적합한 것이 살아남고, 적합하지 않은 생물은 멸한다는 뜻으로, 적절한 것만이 자연에 의해 선택되어 살아남는다는 것.

· 自初至終(자초지종): 처음부터 끝까지의 동안, 또는 처음부터 끝까지의 과정.

· 賊反荷杖(적반하장): 도둑이 도리어 매를 든다는 뜻으로, 잘못한 놈이 도리어 잘한 사람을 나무라는 경우.

· 漸入佳境(점입가경): 갈수록 더욱 좋거나 재미있는 경지로 들어감. 시간이 갈수록 하 는 짓이나 몰골이 더욱 꼴불견이라는 뜻으로 주로 쓰임.

· 鳥足之血(조족지혈): 새 발의 피라는 뜻으로, 얼마 되지 않는 아주 적은 양.

· 主客顚倒(주객전도): 대접하는 주인과 접대 받는 손님의 입장이 반대가 되는 것. 또 는 사물의 경중, 선후, 완급이 서로 뒤바뀌는 것.

· 衆口難防(중구난방): 여러 사람의 입은 막기 어렵다는 뜻으로, 뭇사람의 이러쿵저러 쿵하는 말을 막아내기가 어려움.

· 進退兩難(진퇴양난): 나아가는 것도 어렵고 물러나는 것도 어렵다는 뜻으로, 매우 난 처한 처지에 놓여 있음.

· 此日彼日(차일피일): 이날저날 하는 식으로 약속이나 기한 따위를 미적미적 미루는 일.

· 天佑神助(천우신조): 하늘과 신령의 도움이라는 뜻으로, 뜻하지 않은 우연으로 인해 도움 받는 것.

·千差萬別(천차만별): 여러 가지 사물이 다 차이가 나고 구별이 있음.

·靑出於藍(청출어람): 쪽에서 나온 푸른 물이 쪽보다 더 푸르다는 뜻으로, 제자나 후
진이 스승이나 선배보다 나음.

·草根木皮(초근목피): 풀뿌리와 나무껍질이란 뜻으로, 곡식이 없어 산나물 따위로 만
든 험한 음식.

·七顚八起(칠전팔기): 일곱 번 넘어지고 여덟 번 일어난다는 뜻으로, 여러 번의 실패
에도 굽히지 아니하고 분투함.

·針小棒大(침소봉대): 바늘처럼 작은 것을 막대처럼 크게 표현하는 것으로 작은 일을
크게 허풍 떨어 말함.

·快刀亂麻(쾌도난마): 어지럽게 뒤얽힌 사물이나 말썽거리를 단번에 시원스럽게 처리함.

·卓上空論(탁상공론): 실현성이 없는 헛된 이론.

·兎死狗烹(토사구팽): 토끼를 다잡으면 사냥개를 삶는다는 뜻으로, 요긴한 때에는 소
중히 여기다가도 쓸모가 없게 되면 천대하고 쉽게 버림.

·八方美人(팔방미인): 어느 모로 보나 아름다운 사람.

누구에게나 잘 보이도록 처세하는 사람.

여러 방면 일에 능통한 사람.

온갖 일에 손을 대는 사람을 조롱하여 이르는 말.

·敗家亡身(패가망신): 가산을 탕진하고 몸을 망침.

·表裏不同(표리부동): 마음이 엉큼하여 겉과 속이 다름.

·風前燈火(풍전등화): 바람 앞의 등불이라는 뜻으로, 존망이 달린 매우 위급한 처지.

·咸興差使(함흥차사): 심부름을 가서 아주 소식이 없거나 더디 올 때 쓰는 말.

·糊口之策(호구지책): 겨우 먹고 살아가는 방법.

·渾然一體(혼연일체): 사람들의 행동이나 사상 또는 의지 등이 조금의 차이도 없이
완전히 한 덩어리로 뭉친 상태.

·畵中之餠(화중지병): 그림의 떡이라는 뜻으로, 아무리 마음에 들어도 차지하거나 이
용할 수가 없음을 이르는 말.

·厚顔無恥(후안무치): 낯가죽이 두꺼워 부끄러움을 모름. 수치로 생각될 일에도 뻔뻔
스럽고 태연함.

부록 4. 교육부 지정 1800자: 한자 쓰기

(　　　　)학과　　이름 (　　　　　　　　) 학번 (　　　　　　　　　　　)

漢字	뜻(음)								
家	집(가)								
家	전문가(가)								
佳	아름다울(가)								
街	거리(가)								
可	옳을(가)								
歌	노래(가)								
加	더할(가)								
架	시렁(가)								
價	값(가)								
假	거짓(가)								
暇	겨를(가)								
角	뿔(각)								
各	각각(각)								
閣	집(각)								
却	물리칠(각)								

부록

脚	다리(각)									
刻	새길(각)									
覺	깨달을(각)									
覺	잠깰(교)									
干	방패(간)									
刊	간행할(간)									
肝	간(간)									
幹	줄기(간)									
間	사이(간)									
簡	대쪽(간)									
看	볼(간)									
姦	간사할(간)									
懇	간절할(간)									
渴	목마를(갈)									
甘	달(감)									
減	덜 (감)									

感	느낄(감)								
敢	감히(감)								
監	볼(감)								
鑑	거울(감)								
甲	갑옷(갑)								
江	강(강)								
講	강론할(강)								
强	강할(강)								
康	편안(강)								
剛	굳셀(강)								
鋼	강철(강)								
綱	벼리(강)								
降	내릴(강)								
降	항복할(항)								
改	고칠(개)								
皆	다(개)								

個 낱(개)									
開 열(개)									
介 낄(개)									
慨 슬플(개)									
概 대개(개)									
蓋 덮을(개)									
客 손님(객)									
更 다시(갱)									
更 고칠(경)									
硬 굳을(경)									
去 갈(거)									
居 살(거)									
擧 들(거)									
巨 클(거)									
距 떨어질(거)									
拒 막을(거)									

據	의거할(거)							
車	수레(거)							
車	수레(차)							
建	세울(건)							
健	굳셀(건)							
件	물건(건)							
傑	호걸(걸)							
乞	빌(걸)							
乾	하늘(건)							
乾	마를(간)							
儉	검소할(검)							
劍	칼(검)							
檢	검사할(검)							
格	격식(격)							
擊	칠(격)							
激	격할(격)							

隔	막힐(격)								
犬	개(견)								
堅	굳을(견)								
牽	이끌(견)								
肩	어깨(견)								
絹	비단(견)								
遣	보낼(견)								
見	볼(견)								
見	뵐(현)								
決	결단할(결)								
缺	이지러질(결)								
結	맺을(결)								
潔	깨끗할(결)								
兼	겸할(겸)								
謙	겸손할(겸)								
京	서울(경)								

景	볕(경)								
輕	가벼울(경)								
經	경서(경)								
徑	지름길(경)								
庚	별(경)								
耕	밭갈(경)								
敬	공경(경)								
警	경계할(경)								
驚	놀랄(경)								
慶	경사(경)								
競	다툴(경)								
竟	마침내(경)								
境	지경(경)								
鏡	거울(경)								
頃	이랑(경)								
傾	기울(경)								

부록

卿	벼슬(경)									
癸	북방(계)									
季	계절(계)									
界	지경(계)									
計	셀(계)									
溪	시내(계)									
鷄	닭(계)									
系	계통(계)									
係	맬(계)									
戒	경계할(계)									
械	기계(계)									
繫	맬(계)									
繼	이을(계)									
契	계약(계)									
桂	계수나무(계)									
啓	열(계)									

階 섬돌(계)									
古 예(고)									
枯 마를(고)									
姑 시어미(고)									
故 연고(고)									
固 굳을(고)									
苦 쓸(고)									
考 생각할(고)									
高 높을(고)									
稿 원고(고)									
告 고할(고)									
庫 곳집(고)									
孤 외로울(고)									
鼓 북(고)									
顧 돌아볼(고)									
谷 골짜기(곡)									

부록

曲	굽을(곡)									
穀	곡식(곡)									
哭	울(곡)									
困	곤할(곤)									
坤	땅(곤)									
骨	뼈(골)									
工	장인(공)									
功	공(공)									
空	빌(공)									
攻	칠(공)									
恐	두려울(공)									
貢	바칠(공)									
共	한가지(공)									
供	이바지할(공)									
恭	공손할(공)									
公	공평할(공)									

孔	구멍(공)								
果	실과(과)								
課	과정(과)								
科	과목(과)								
過	지날(과)								
誇	자랑할(과)								
寡	적을(과)								
郭	성(곽)								
官	벼슬(관)								
館	집(관)								
管	대롱(관)								
觀	볼(관)								
關	빗장(관)								
貫	꿸(관)								
慣	익숙할(관)								
冠	갓(관)								

부록

寬	너그러울(관)								
光	빛(광)								
廣	넓을(광)								
鑛	쇳돌(광)								
狂	미칠(광)								
掛	걸(괘)								
塊	덩어리(괴)								
愧	부끄러울(괴)								
怪	괴이할(괴)								
壞	무너질(괴)								
交	사귈(교)								
校	학교(교)								
郊	들밖(교)								
較	비교할(교)								
橋	다리(교)								
矯	바로잡을(교)								

敎	가르칠(교)								
巧	공교로울(교)								
九	아홉(구)								
究	연구할(구)								
口	입(구)								
句	글귀(구)								
苟	진실로(구)								
拘	거리낄(구)								
狗	개(구)								
求	구할(구)								
救	구원할(구)								
球	공(구)								
久	오랠(구)								
舊	옛(구)								
具	갖출(구)								
俱	함께(구)								

부록

區	구역(구)							
驅	말몰(구)							
丘	언덕(구)							
懼	두려울(구)							
構	얽을(구)							
龜	거북(귀)							
龜	터질(균)							
國	나라(국)							
局	판(국)							
菊	국화(국)							
君	임금(군)							
郡	고을(군)							
群	무리(군)							
軍	군사(군)							
屈	굽힐(굴)							
弓	활(궁)							

窮	궁할(궁)								
宮	집(궁)								
卷	책(권)								
券	문서(권)								
拳	주먹(권)								
權	권세(권)								
勸	권할(권)								
厥	그(궐)								
軌	궤도(궤)								
貴	귀할(귀)								
歸	돌아갈(귀)								
鬼	귀신(귀)								
叫	부르짖을(규)								
糾	모을(규)								
規	법(규)								
均	고를(균)								

菌 버섯(균)								
極 끝(극)								
克 이길(극)								
劇 심할(극)								
根 뿌리(근)								
斤 도끼(근)								
近 가까울(근)								
僅 겨우(근)								
謹 삼갈(근)								
勤 부지런할(근)								
金 쇠(금)								
錦 비단(금)								
今 이제(금)								
禁 금할(금)								
禽 새(금)								
琴 거문고(금)								

及	미칠(급)								
級	등급(급)								
給	줄(급)								
急	급할(급)								
肯	즐길(긍)								
己	몸(기)								
記	기록(기)								
起	일어날(기)								
其	그(기)								
期	기약(기)								
基	터(기)								
旗	기(기)								
欺	속일(기)								
氣	기운(기)								
技	재주(기)								
幾	몇(기)								

畿 경기(기)									
機 틀(기)									
旣 이미(기)									
紀 벼리(기)									
忌 꺼릴(기)									
奇 기이할(기)									
騎 말탈(기)									
寄 부칠(기)									
豈 어찌(기)									
棄 버릴(기)									
祈 빌(기)									
企 바랄(기)									
飢 주릴(기)									
器 그릇(기)									
緊 요긴할(긴)									
吉 길할(길)									

那	어찌(나)								
諾	허락(낙)								
暖	따뜻할(난)								
難	어려울(난)								
南	남녘(남)								
男	남자(남)								
納	드릴(납)								
娘	아가씨(낭)								
乃	이에(내)								
內	안(내)								
奈	어찌(내)								
耐	견딜(내)								
女	여자(녀)								
年	해(년)								
念	생각(념)								
寧	편안할(녕)								

奴	종(노)									
怒	성낼(노)									
努	힘쓸(노)									
農	농사(농)									
腦	뇌수(뇌)									
惱	번뇌할(뇌)									
能	능할(능)									
泥	진흙(니)									
多	많을(다)									
茶	차(다)									
茶	차(차)									
丹	붉을(단)									
旦	아침(단)									
但	다만(단)									
單	홀(단)									
短	짧을(단)									

端	끝(단)								
段	층계(단)								
壇	제단(단)								
檀	박달나무(단)								
斷	끊을(단)								
團	둥글(단)								
達	통달할(달)								
談	말씀(담)								
淡	묽을(담)								
擔	멜(담)								
答	대답(답)								
畓	논(답)								
踏	밟을(답)								
堂	집(당)								
當	마땅(당)								
唐	당나라(당)								

糖	엿(당)									
黨	무리(당)									
大	큰(대)									
待	기다릴(대)									
對	대할(대)									
帶	띠(대)									
臺	누대(대)									
代	대신(대)									
貸	빌릴(대)									
隊	떼(대)									
德	큰(덕)									
刀	칼(도)									
到	이를(도)									
倒	거꾸러질(도)									
度	법도(도)									
渡	건널(도)									

道	길(도)							
導	인도할(도)							
島	섬(도)							
徒	무리(도)							
都	도읍(도)							
圖	그림(도)							
途	길(도)							
塗	진흙(도)							
挑	돋울(도)							
桃	복숭아(도)							
跳	뛸(도)							
逃	도망할(도)							
陶	질그릇(도)							
稻	벼(도)							
盜	도적(도)							
獨	홀로(독)							

毒 독할(독)									
督 살필(독)									
篤 도타울(독)									
讀 읽을(독)									
讀 구두점(두)									
豚 돼지(돈)									
敦 도타울(돈)									
突 갑자기(돌)									
同 한가지(동)									
洞 골(동)									
洞 꿰뚫을(통)									
銅 구리(동)									
童 아이(동)									
冬 겨울(동)									
東 동녘(동)									
凍 얼(동)									

動	움직일(동)								
斗	말(두)								
豆	콩(두)								
頭	머리(두)								
登	오를(등)								
燈	등불(등)								
屯	진칠(둔)								
鈍	둔할(둔)								
得	얻을(득)								
等	무리(등)								
騰	오를(등)								
羅	벌일(라)								
落	떨어질(락)								
絡	이을(락)								
樂	즐길(락)								
樂	음악(악)								

樂	좋아할(요)								
藥	약(약)								
卵	알(란)								
亂	어지러울(란)								
蘭	난초(란)								
欄	난간(란)								
覽	볼(람)								
濫	넘칠(람)								
浪	물결(랑)								
郎	사내(랑)								
廊	행랑(랑)								
來	올(래)								
冷	찰(랭)								
略	간략할(략)								
掠	노략질할(략)								
良	어질(량)								

兩	두(량)								
量	수량(량)								
糧	양식(량)								
凉	서늘할(량)								
諒	헤아릴(량)								
梁	들보(량)								
旅	나그네(려)								
麗	고울(려)								
慮	생각(려)								
勵	힘쓸(려)								
力	힘(력)								
歷	지낼(력)								
曆	책력(력)								
連	이을(련)								
蓮	연꽃(련)								
練	익힐(련)								

鍊	단련할(련)								
憐	불쌍할(련)								
聯	연이을(련)								
戀	그리워할(련)								
列	벌일 (렬)								
烈	매울(렬)								
裂	찢을(렬)								
例	본보기(례)								
劣	용렬할(렬)								
廉	청렴할(렴)								
獵	사냥(렵)								
令	하여금(령)								
領	거느릴(령)								
嶺	고개(령)								
零	떨어질(령)								
靈	신령(령)								

禮	예도(례)								
隸	노예(례)								
路	길(로)								
露	이슬(로)								
老	늙을(로)								
勞	수고로울(로)								
爐	화로(로)								
綠	푸를(록)								
祿	복록(록)								
錄	기록할(록)								
鹿	사슴(록)								
論	의논(론)								
弄	희롱할(롱)								
雷	우레(뢰)								
賴	의뢰할(뢰)								
料	헤아릴(료)								

了	마칠(료)								
僚	동료(료)								
龍	용(룡)								
屢	여러(루)								
樓	다락(루)								
累	포갤(루)								
淚	눈물(루)								
漏	샐(루)								
柳	버들(류)								
留	머무를(류)								
流	흐를(류)								
類	무리(류)								
六	여섯(륙)								
陸	뭍(륙)								
倫	인륜(륜)								
輪	바퀴(륜)								

律	법칙(률)								
栗	밤(률)								
率	비율(률)								
率	거느릴(솔)								
隆	높을(륭)								
陵	언덕(릉)								
里	마을(리)								
理	다스릴(리)								
利	이로울(리)								
梨	배(리)								
李	오얏(리)								
吏	아전(리)								
離	떠날(리)								
裏	속(리)								
履	밟을(리)								
隣	이웃(린)								

林	수풀(림)								
臨	임할(림)								
立	설(립)								
馬	말(마)								
麻	삼(마)								
磨	갈(마)								
莫	없을(막)								
幕	장막(막)								
漠	아득할(막)								
萬	일만(만)								
晚	늦을(만)								
滿	찰(만)								
慢	거만할(만)								
漫	퍼질(만)								
末	끝(말)								
亡	망할(망)								

忙	바쁠(망)									
忘	잊을(망)									
望	바랄(망)									
茫	아득할(망)									
妄	망령될(망)									
罔	없을(망)									
每	매양(매)									
梅	매화(매)									
買	살(매)									
賣	팔(매)									
妹	누이(매)									
埋	묻을(매)									
媒	중매(매)									
麥	보리(맥)									
脈	줄기(맥)									
孟	맏(맹)									

猛	사나울(맹)									
盟	맹세(맹)									
盲	눈멀(맹)									
免	면할(면)									
勉	힘쓸(면)									
面	낯(면)									
眠	잠잘(면)									
綿	솜(면)									
滅	멸할(멸)									
名	이름(명)									
銘	새길(명)									
命	목숨(명)									
明	밝을(명)									
鳴	울(명)									
冥	어두울(명)									
母	어머니(모)									

毛	터럭(모)								
暮	저물(모)								
模	모범(모)								
募	뽑을(모)								
慕	사모할(모)								
墓	무덤(묘)								
侮	업신여길(모)								
冒	무릅쓸(모)								
某	아무(모)								
謀	꾀할(모)								
貌	모양(모)								
木	나무(목)								
目	눈(목)								
牧	기를(목)								
睦	화목할(목)								
沒	빠질(몰)								

夢	꿈(몽)								
蒙	어릴(몽)								
卯	토끼(묘)								
妙	묘할(묘)								
苗	싹(묘)								
廟	사당(묘)								
戊	별(무)								
茂	무성할(무)								
武	무사(무)								
務	힘쓸(무)								
霧	안개(무)								
無	없을(무)								
舞	춤출(무)								
貿	무역할(무)								
墨	먹(묵)								
默	잠잠할(묵)								

門	문(문)								
問	물을(문)								
聞	들을(문)								
文	글월(문)								
勿	말(물)								
物	만물(물)								
米	쌀(미)								
迷	미혹할(미)								
未	아닐(미)								
味	맛(미)								
美	아름다울(미)								
尾	꼬리(미)								
微	작을(미)								
眉	눈썹(미)								
民	백성(민)								
敏	민첩할(민)								

憫	민망할(민)								
密	빽빽할(밀)								
蜜	꿀(밀)								
朴	소박할(박)								
泊	머무를(박)								
拍	칠(박)								
迫	핍박할(박)								
博	넓을(박)								
薄	얇을(박)								
反	돌이킬(반)								
飯	밥(반)								
返	돌아올(반)								
叛	배반할(반)								
半	반(반)								
伴	짝(반)								
般	일반(반)								

盤	소반(반)								
班	나눌(반)								
發	필(발)								
拔	뽑을(발)								
髮	터럭(발)								
方	모서리(방)								
房	방(방)								
防	막을(방)								
訪	찾을(방)								
芳	꽃다울(방)								
傍	곁(방)								
妨	방해할(방)								
放	놓을(방)								
倣	모방할(방)								
邦	나라(방)								
拜	절(배)								

杯	잔(배)									
倍	갑절(배)									
培	북돋울(배)									
配	짝(배)									
排	물리칠(배)									
輩	무리(배)									
北	북녘(북)									
北	달아날(배)									
背	등(배)									
白	흰(백)									
百	일백(백)									
伯	맏(백)									
番	차례(번)									
煩	번거로울(번)									
繁	번성할(번)									
飜	뒤집어질(번)									

伐	칠(벌)									
罰	벌줄(벌)									
凡	무릇(범)									
犯	범할(범)									
範	모범(범)									
法	법(법)									
壁	벽(벽)									
碧	푸를(벽)									
變	변할(변)									
辯	말잘할(변)									
辨	분별할(변)									
邊	가장자리(변)									
別	다를(별)									
丙	남녘(병)									
病	병(병)									
兵	군사(병)									

21세기 대학생을 위한 漢字와 漢文

竝	아우를(병)								
屛	병풍(병)								
保	보전할(보)								
步	걸음(보)								
報	갚을(보)								
普	넓을(보)								
譜	족보(보)								
補	기울(보)								
寶	보배(보)								
福	복(복)								
伏	엎드릴(복)								
服	옷(복)								
腹	배(복)								
複	겹옷(복)								
復	돌아올(복)								
復	다시(부)								

覆	뒤집힐(복)								
覆	덮을(부)								
卜	점(복)								
本	근본(본)								
奉	받들(봉)								
逢	만날(봉)								
峯	봉우리(봉)								
蜂	벌(봉)								
封	봉할(봉)								
鳳	새(봉)								
夫	사나이(부)								
扶	붙들(부)								
父	아버지(부)								
富	부자(부)								
副	버금(부)								
部	떼(부)								

婦	부인(부)								
不	아닐(부)								
不	아닐(불)								
否	아닐(부)								
浮	뜰(부)								
付	부칠(부)								
符	병부(부)								
附	붙을(부)								
府	관청(부)								
腐	썩을(부)								
負	질(부)								
簿	문서(부)								
赴	다다를(부)								
賦	부여할(부)								
分	나눌(분)								
紛	어지러울(분)								

粉	가루(분)								
奔	달아날(분)								
墳	무덤(분)								
憤	분할(분)								
奮	떨칠(분)								
佛	부처(불)								
拂	떨칠(불)								
朋	벗(붕)								
崩	무너질(붕)								
比	견줄(비)								
批	비평할(비)								
非	아닐(비)								
悲	슬플(비)								
飛	날(비)								
鼻	코(비)								
備	갖출(비)								

卑	낮을(비)								
婢	여자종(비)								
碑	비석(비)								
妃	왕비(비)								
肥	살찔(비)								
秘	숨길(비)								
費	쓸(비)								
貧	가난할(빈)								
賓	손님(빈)								
頻	자주(빈)								
氷	얼음(빙)								
聘	부를(빙)								
四	넉(사)								
巳	뱀(사)								
祀	제사(사)								
士	선비(사)								

仕	벼슬(사)									
寺	절(사)									
史	사기(사)									
使	하여금(사)									
舍	집(사)									
捨	버릴(사)									
射	쏠(사)									
謝	사례할(사)									
師	스승(사)									
死	죽을(사)									
私	사사로울(사)									
絲	실(사)									
思	생각(사)									
事	일(사)									
司	맡을(사)									
詞	말씀(사)									

蛇	뱀(사)								
邪	간사할(사)								
賜	줄(사)								
斜	비낄(사)								
詐	속일(사)								
社	모일(사)								
沙	모래(사)								
似	같을(사)								
査	조사할(사)								
寫	베낄(사)								
辭	말(사)								
斯	이(사)								
削	깎을(삭)								
朔	초하루(삭)								
山	메(산)								
産	낳을(산)								

散	흩을(산)								
算	셈할(산)								
殺	죽일(살)								
殺	덜(쇄)								
三	석(삼)								
上	위(상)								
尙	오히려(상)								
常	떳떳할(상)								
賞	상줄(상)								
嘗	일찍(상)								
裳	치마(상)								
商	장사(상)								
相	서로(상)								
霜	서리(상)								
想	생각(상)								
傷	상할(상)								

부록

209

喪	잃을(상)									
詳	자세할(상)									
祥	상서(상)									
床	침상(상)									
象	코끼리(상)									
像	형상(상)									
桑	뽕나무(상)									
償	갚을(상)									
狀	모양(상)									
狀	모양(장)									
塞	변방(새)									
塞	막을(색)									
色	빛(색)									
索	찾을(색)									
索	줄(삭)									
生	날(생)									

西	서녘(서)								
序	차례(서)								
書	글(서)								
暑	더울(서)								
署	관청(서)								
緖	실마리(서)								
敍	베풀(서)								
徐	천천할(서)								
庶	무리(서)								
恕	용서(서)								
誓	맹세할(서)								
逝	갈(서)								
石	돌(석)								
夕	저녁(석)								
昔	옛(석)								
惜	아낄(석)								

席 자리(석)									
析 쪼갤(석)									
釋 풀(석)									
先 먼저(선)									
仙 신선(선)									
線 줄(선)									
鮮 고울(선)									
善 착할(선)									
船 배(선)									
選 가릴(선)									
宣 베풀(선)									
旋 돌(선)									
禪 참선(선)									
舌 혀(설)									
雪 눈 씻을(설)									
設 베풀(설)									

說	말씀(설)							
說	달랠(세)							
說	기쁠(열)							
涉	건널(섭)							
攝	당길(섭)							
姓	성씨(성)							
性	성품(성)							
成	이룰(성)							
城	성(성)							
誠	정성(성)							
盛	성할(성)							
星	별(성)							
聖	성인(성)							
聲	소리(성)							
省	살필(성)							
省	덜(생)							

世	인간(세)								
洗	씻을(세)								
稅	세금(세)								
細	가늘(세)								
勢	형세(세)								
歲	해(세)								
小	작을(소)								
少	적을(소)								
所	바(소)								
消	사라질(소)								
素	본디 활(소)								
笑	웃음(소)								
召	부를(소)								
昭	밝을(소)								
蘇	깨어날(소)								
騷	시끄러울(소)								

燒	불사를(소)								
訴	호소할(소)								
掃	쓸(소)								
疏	성길(소)								
蔬	나물(소)								
俗	풍속(속)								
束	묶을(속)								
速	빠를(속)								
續	이을(속)								
粟	조(속)								
屬	속할(속)								
屬	이을(촉)								
孫	손자(손)								
損	덜(손)								
松	소나무(송)								
送	보낼(송)								

漢字	訓音								
頌	기릴(송)								
訟	송사(송)								
誦	외울(송)								
刷	인쇄할(쇄)								
鎖	자물쇠(쇄)								
衰	쇠할(쇠)								
水	물(수)								
手	손(수)								
受	받을(수)								
授	줄(수)								
首	머리(수)								
守	지킬(수)								
收	거둘(수)								
誰	누구(수)								
須	모름지기(수)								
雖	비록(수)								

愁	근심(수)								
樹	나무(수)								
壽	목숨(수)								
修	닦을(수)								
秀	빼어날(수)								
囚	가둘(수)								
需	쓰일(수)								
搜	찾을(수)								
殊	다를(수)								
隨	따를(수)								
輸	굴릴(수)								
獸	길짐승(수)								
垂	드리울(수)								
睡	잠잘(수)								
遂	드디어(수)								
數	셈(수)								

數	자주(삭)								
帥	장수(수)								
帥	거느릴(솔)								
叔	아저씨(숙)								
淑	맑을(숙)								
孰	누구(숙)								
熟	익을(숙)								
肅	엄숙할(숙)								
宿	잘(숙)								
宿	별자리(수)								
順	순할(순)								
純	순수할(순)								
旬	열흘(순)								
殉	따라죽을(순)								
循	좇을(순)								
脣	입술(순)								

瞬	순간(순)								
巡	돌(순)								
戌	개(술)								
述	베풀(술)								
術	방법(술)								
崇	높을(숭)								
習	익힐(습)								
拾	주울(습)								
濕	젖을(습)								
襲	엄습할(습)								
乘	탈(승)								
承	이을(승)								
勝	이길(승)								
昇	오를(승)								
僧	스님(승)								
市	저자(시)								

부록

示 보일(시)								
視 볼(시)								
是 이(시)								
時 때(시)								
詩 글(시)								
侍 모실(시)								
施 베풀(시)								
試 시험(시)								
始 비로소(시)								
矢 화살(시)								
式 법(식)								
食 밥(식)								
植 심을(식)								
息 쉴(식)								
飾 꾸밀(식)								
識 알(식)								

識	기록할(지)									
身	몸(신)									
申	알릴(신)									
神	귀신(신)									
伸	펼(신)									
臣	신하(신)									
信	믿을(신)									
辛	매울(신)									
新	새(신)									
晨	새벽(신)									
愼	삼갈(신)									
失	잃을(실)									
室	방(실)									
實	열매(실)									
心	마음(심)									
甚	심할(심)									

深 깊을(심)								
尋 찾을(심)								
審 살필(심)								
十 열(십)								
雙 둘(쌍)								
氏 성씨(씨)								
兒 아이(아)								
我 나(아)								
餓 주릴(아)								
牙 어금니(아)								
芽 싹(아)								
雅 맑을(아)								
亞 버금(아)								
岳 멧부리(악)								
惡 악할(악)								
惡 싫어할(오)								

安	편안(안)									
案	책상(안)									
顔	얼굴(안)									
眼	눈(안)									
岸	언덕(안)									
雁	기러기(안)									
謁	뵐(알)									
暗	어두울(암)									
巖	바위(암)									
壓	누를(압)									
押	누를(압)									
仰	우러를(앙)									
央	가운데(앙)									
殃	재앙(앙)									
愛	사랑(애)									
哀	슬플(애)									

부록

涯 물가(애)								
厄 재앙(액)								
額 이마(액)								
也 어조사(야)								
夜 밤(야)								
野 들(야)								
耶 어조사(야)								
弱 약할(약)								
若 같을(약)								
約 묶을(약)								
躍 뛸(약)								
羊 양(양)								
洋 큰바다(양)								
養 기를(양)								
揚 날릴(양)								
陽 볕(양)								

讓	사양할(양)								
壤	흙덩이(양)								
樣	모양(양)								
楊	버들(양)								
魚	고기(어)								
漁	고기잡을(어)								
於	어조사(어)								
語	말씀(어)								
御	모실(어)								
億	일억(억)								
憶	생각(억)								
抑	누를(억)								
言	말씀(언)								
焉	어조사(언)								
嚴	엄할(엄)								
業	일(업)								

余	나(여)									
餘	남을(여)									
如	같을(여)									
汝	너(여)									
與	더불(여)									
予	나(여)									
輿	수레(여)									
亦	또(역)									
逆	거스를(역)									
譯	번역(역)									
驛	역(역)									
役	부릴(역)									
疫	전염병(역)									
域	지경(역)									
易	바꿀(역)									
易	쉬울(이)									

然	그럴(연)								
燃	불사를(연)								
煙	연기(연)								
研	연구할(연)								
延	뻗칠(연)								
燕	제비(연)								
沿	물가(연)								
鉛	납(연)								
宴	잔치(연)								
軟	연할(연)								
演	펼(연)								
緣	인연(연)								
熱	더울(열)								
悅	기쁠(열)								
閱	검열할(열)								
炎	불꽃(염)								

染 물들일(염)								
鹽 소금(염)								
葉 잎(엽)								
永 길(영)								
英 꽃부리(영)								
迎 맞을(영)								
榮 영화(영)								
泳 헤엄칠(영)								
詠 읊을(영)								
營 경영(영)								
影 그림자(영)								
映 비칠(영)								
藝 재주(예)								
豫 미리(예)								
譽 기릴(예)								
銳 날카로울(예)								

五	다섯(오)								
吾	나(오)								
悟	깨달을(오)								
午	낮(오)								
誤	그르칠(오)								
烏	까마귀(오)								
汚	더러울(오)								
嗚	슬플(오)								
娛	즐길(오)								
傲	거만할(오)								
玉	구슬(옥)								
屋	집(옥)								
獄	옥(옥)								
溫	따뜻할(온)								
翁	늙은이(옹)								
擁	안을(옹)								

瓦	기와(와)								
臥	누울(와)								
完	완전할(완)								
院	집(원)								
曰	가로(왈)								
王	임금(왕)								
往	갈(왕)								
外	바깥(외)								
畏	두려울(외)								
要	요긴할(요)								
腰	허리(요)								
搖	흔들(요)								
遙	멀(요)								
謠	노래(요)								
欲	하고자할(욕)								
浴	몸씻을(욕)								

慾	욕심(욕)								
辱	욕될(욕)								
用	쓸(용)								
勇	날랠(용)								
容	얼굴(용)								
庸	떳떳할(용)								
于	어조사(우)								
宇	집(우)								
又	또(우)								
右	오른(우)								
友	벗(우)								
牛	소(우)								
雨	비(우)								
憂	근심(우)								
優	뛰어날(우)								
尤	더욱(우)								

遇	만날(우)								
愚	어리석을(우)								
偶	짝(우)								
羽	깃(우)								
郵	우편(우)								
云	이를(운)								
雲	구름(운)								
運	운전(운)								
韻	운(운)								
雄	수컷(웅)								
元	으뜸(원)								
原	근원(원)								
願	원할(원)								
源	근원(원)								
遠	멀(원)								
園	동산(원)								

怨	원망할(원)								
員	인원(원)								
圓	둥글(원)								
援	도울(원)								
緩	느슨할(완)								
月	달(월)								
越	넘을(월)								
位	자리(위)								
危	위태할(위)								
爲	할(위)								
僞	거짓(위)								
偉	거룩할(위)								
圍	에울(위)								
緯	가로줄(위)								
衛	지킬(위)								
違	어길(위)								

威	위엄(위)								
胃	밥통(위)								
謂	이를(위)								
委	맡길(위)								
慰	위로할(위)								
由	말미암을(유)								
油	기름(유)								
酉	닭(유)								
有	있을(유)								
猶	같을(유)								
唯	오직(유)								
惟	오직(유)								
維	얽을(유)								
遊	놀(유)								
柔	부드러울(유)								
遺	남길(유)								

幼	어릴(유)								
幽	그윽할(유)								
乳	젖(유)								
儒	선비(유)								
裕	넉넉할(유)								
誘	달랠(유)								
愈	나을(유)								
悠	멀(유)								
肉	고기(육)								
育	기를(육)								
閏	윤달(윤)								
潤	윤택할(윤)								
恩	은혜(은)								
銀	은(은)								
隱	숨을(은)								
乙	새(을)								

音	소리(음)								
吟	읊을(음)								
飮	마실(음)								
陰	그늘(음)								
淫	음란할(음)								
邑	고을(읍)								
泣	울(읍)								
應	응할(응)								
衣	옷(의)								
依	의지할(의)								
義	옳을(의)								
議	의논(의)								
儀	거동(의)								
矣	어조사(의)								
醫	의원(의)								
意	뜻(의)								

宜	마땅(의)									
疑	의심(의)									
凝	엉길(응)									
二	두(이)									
以	써(이)									
已	이미(이)									
耳	귀(이)									
而	말이을(이)									
異	다를(이)									
移	옮길(이)									
夷	오랑캐(이)									
益	더할(익)									
翼	날개(익)									
人	사람(인)									
仁	어질(인)									
引	끌(인)									

因	인할(인)									
忍	참을(인)									
認	알(인)									
寅	동방(인)									
印	도장(인)									
姻	혼인(인)									
一	한(일)									
日	날(일)									
逸	편안할(일)									
壬	북방(임)									
任	맡길(임)									
賃	품삯(임)									
入	들(입)									
子	아들(자)									
字	글자(자)									
自	스스로(자)									

者	사람(자)									
姉	손위누이(자)									
玆	이(자)									
慈	사랑(자)									
紫	자줏빛(자)									
資	재물(자)									
姿	모양(자)									
恣	방자할(자)									
刺	찌를(자)									
作	지을(작)									
昨	어제(작)									
酌	대작할(작)									
爵	벼슬(작)									
殘	남을(잔)									
潛	잠길(잠)									
暫	잠깐(잠)									

雜	섞일(잡)								
長	긴(장)								
張	베풀(장)								
帳	장막(장)								
章	글월(장)								
障	막힐(장)								
場	마당(장)								
腸	창자(장)								
將	장수(장)								
壯	씩씩할(장)								
莊	장엄할(장)								
裝	꾸밀(장)								
丈	어른(장)								
獎	장려할(장)								
墻	담(장)								
葬	장사지낼(장)								

粧	단장할(장)								
掌	손바닥(장)								
藏	감출(장)								
臟	오장(장)								
才	재주(재)								
材	재목(재)								
財	재물(재)								
在	있을(재)								
栽	심을(재)								
裁	마름질할(재)								
載	실을(재)								
哉	어조사(재)								
再	다시(재)								
宰	재상(재)								
災	재앙(재)								
爭	다툴(쟁)								

著 나타날(저)									
貯 쌓을(저)									
低 낮을(저)									
底 밑(저)									
抵 막을(저)									
的 과녁(적)									
赤 붉을(적)									
適 마침(적)									
敵 대적할(적)									
滴 물방울(적)									
摘 딸(적)									
寂 고요할(적)									
籍 문서(적)									
賊 도적(적)									
跡 자취(적)									
積 쌓을(적)									

績	길쌈(적)								
田	밭(전)								
全	온전(전)								
典	법(전)								
前	앞(전)								
展	펼(전)								
殿	큰집(전)								
戰	싸움(전)								
電	번개(전)								
錢	돈(전)								
專	오로지(전)								
傳	전할(전)								
轉	구를(전)								
節	마디(절)								
絶	끊을(절)								
折	꺾을(절)								

竊 훔칠(절)									
切 자를(절)									
切 모두(체)									
占 점칠(점)									
店 가게(점)									
點 점(점)									
漸 점차(점)									
接 접할(접)									
蝶 나비(접)									
丁 장정(정)									
訂 고칠(정)									
頂 정수리(정)									
停 머무를(정)									
井 우물(정)									
正 바를(정)									
政 정사(정)									

征	정벌(정)								
整	가지런할(정)								
定	정할(정)								
貞	곧을(정)								
精	정밀할(정)								
情	뜻(정)								
靜	고요할(정)								
淨	깨끗할(정)								
廷	조정(정)								
庭	뜰(정)								
亭	정자(정)								
程	길(정)								
弟	아우(제)								
第	차례(제)								
祭	제사(제)								
際	즈음(제)								

帝	임금(제)								
題	제목(제)								
除	덜(제)								
制	지을(제)								
製	지을(제)								
提	끌(제)								
堤	둑(제)								
齊	가지런할(제)								
濟	구제할(제)								
諸	모든(제)								
諸	어조사(저)								
兆	조짐(조)								
早	일찍(조)								
朝	아침(조)								
潮	밀물(조)								
造	지을(조)								

鳥	새(조)								
調	고를(조)								
助	도울(조)								
祖	할아버지(조)								
租	조세(조)								
組	짤(조)								
弔	조상할(조)								
燥	마를(조)								
操	잡을(조)								
照	비출(조)								
條	가지(조)								
足	발(족)								
族	겨레(족)								
存	있을(존)								
尊	높을(존)								
卒	군사(졸)								

拙 못날(졸)								
宗 마루(종)								
種 씨(종)								
鐘 종(종)								
終 마칠(종)								
從 좇을(종)								
縱 세로(종)								
左 왼(좌)								
佐 도울(좌)								
坐 앉을(좌)								
座 자리(좌)								
罪 허물(죄)								
主 주인(주)								
注 물댈(주)								
住 살(주)								
柱 기둥(주)								

朱	붉을(주)								
株	그루(주)								
珠	구슬(주)								
宙	집(주)								
走	달아날(주)								
酒	술(주)								
晝	낮(주)								
舟	배(주)								
周	두루(주)								
奏	아뢸(주)								
州	고을(주)								
洲	물가(주)								
鑄	주조할(주)								
竹	대나무(죽)								
準	기준(준)								
俊	준걸(준)								

遵	좇을(준)								
中	가운데(중)								
仲	버금(중)								
重	무거울(중)								
衆	무리(중)								
卽	곧(즉)								
曾	일찍(증)								
增	더할(증)								
證	증거(증)								
憎	미울(증)								
贈	줄(증)								
症	증세(증)								
蒸	찔(증)								
只	다만(지)								
支	지탱할(지)								
枝	가지(지)								

止	그칠(지)								
之	갈(지)								
知	알(지)								
地	땅(지)								
池	못(지)								
指	손가락(지)								
志	뜻(지)								
誌	기록(지)								
至	이를(지)								
紙	종이(지)								
持	가질(지)								
智	지혜(지)								
遲	더딜(지)								
直	곧을(직)								
職	벼슬(직)								
織	짤(직)								

眞	참(진)								
鎭	진정할(진)								
進	나아갈(진)								
盡	다할(진)								
陣	진칠(진)								
陳	베풀(진)								
珍	보배(진)								
辰	별(진)								
振	떨칠(진)								
震	벼락(진)								
質	바탕(질)								
秩	차례(질)								
疾	병들(질)								
姪	조카(질)								
集	모을(집)								
執	잡을(집)								

徵 부를(징)									
懲 징계할(징)									
且 또(차)									
次 버금(차)									
此 이(차)									
借 빌릴(차)									
差 어긋날(차)									
着 닿을(착)									
錯 섞일(착)									
捉 잡을(착)									
贊 도울(찬)									
讚 기릴(찬)									
察 살필(찰)									
慙 부끄러울(참)									
參 참여할(참)									
參 석(삼)									

慘 슬플(참)									
昌 창성(창)									
唱 부를(창)									
窓 창문(창)									
倉 창고(창)									
創 비롯할(창)									
蒼 푸를(창)									
暢 화창할(창)									
菜 나물(채)									
採 캘(채)									
彩 채색(채)									
債 빚(채)									
責 꾸짖을(책)									
冊 책(책)									
策 꾀(책)									
妻 아내(처)									

處	곳(처)									
尺	자(척)									
斥	물리칠(척)									
拓	개척할(척)									
戚	겨레(척)									
千	일천(천)									
天	하늘(천)									
川	내(천)									
泉	샘(천)									
淺	얕을(천)									
賤	천할(천)									
踐	밟을(천)									
遷	옮길(천)									
薦	천거할(천)									
鐵	쇠(철)									
哲	밝을(철)									

徹	통할(철)								
尖	뾰족할(첨)								
添	더할(첨)								
妾	첩(첩)								
靑	푸를(청)								
淸	맑을(청)								
晴	갤(청)								
請	청할(청)								
聽	들을(청)								
廳	관청(청)								
體	몸(체)								
替	바꿀(체)								
滯	막힐(체)								
逮	미칠(체)								
遞	갈마들(체)								
初	처음(초)								

草	풀(초)								
招	부를(초)								
超	뛰어넘을(초)								
肖	닮을(초)								
抄	뽑을(초)								
秒	시간(초)								
礎	주춧돌(초)								
促	재촉할(촉)								
燭	촛불(촉)								
觸	닿을(촉)								
寸	마디(촌)								
村	마을(촌)								
銃	총(총)								
總	모두(총)								
聰	귀밝을(총)								
最	가장(최)								

부록

催	재촉할(최)								
秋	가을(추)								
追	따를(추)								
推	밀(추)								
抽	뽑을(추)								
醜	더러울(추)								
丑	소(축)								
祝	빌(축)								
畜	기를(축)								
蓄	쌓을(축)								
築	쌓을(축)								
逐	쫓을(축)								
縮	줄일(축)								
春	봄(춘)								
出	날(출)								
充	채울(충)								

忠	충성(충)									
蟲	벌레(충)									
衝	찌를(충)									
取	가질(취)									
趣	뜻(취)									
吹	불(취)									
就	나아갈(취)									
臭	냄새(취)									
醉	취할(취)									
側	곁(측)									
測	헤아릴(측)									
層	층(층)									
治	다스릴(치)									
致	이룰(치)									
齒	이(치)									
値	값(치)									

置 둘(치)									
恥 부끄러울(치)									
則 법칙(칙)									
則 곧(즉)									
親 어버이(친)									
七 일곱(칠)									
漆 옻(칠)									
針 바늘(침)									
侵 침노할(침)									
浸 젖을(침)									
寢 잘(침)									
枕 베개(침)									
沈 잠길(침)									
沈 성씨(심)									
稱 일컬을(칭)									
快 쾌할(쾌)									

他	다를(타)								
打	칠(타)								
妥	타당할(타)								
墮	떨어질(타)								
卓	높을(탁)								
濁	흐릴(탁)								
托	의탁할(탁)								
濯	씻을(탁)								
炭	숯(탄)								
歎	탄식할(탄)								
彈	탄알(탄)								
誕	태어날(탄)								
脫	벗을(탈)								
奪	빼앗을(탈)								
探	더듬을(탐)								
貪	탐할(탐)								

漢字	뜻(음)								
塔	탑(탑)								
湯	끓을(탕)								
太	클(태)								
泰	클(태)								
怠	게으를(태)								
殆	위태할(태)								
態	태도(태)								
澤	못(택)								
擇	가릴(택)								
宅	집(택)								
土	흙(토)								
吐	토할(토)								
討	칠(토)								
通	통할(통)								
統	거느릴(통)								
痛	아플(통)								

退	물러갈(퇴)								
投	던질(투)								
透	꿰뚫을(투)								
鬪	싸움(투)								
特	특별할(특)								
破	깨뜨릴(파)								
波	물결(파)								
派	갈래(파)								
播	뿌릴(파)								
罷	파할(파)								
頗	자못(파)								
把	잡을(파)								
判	판단할(판)								
板	널(판)								
販	팔(판)								
版	조각(판)								

八	여덟(팔)									
貝	조개(패)									
敗	패할(패)									
片	조각(편)									
篇	책(편)									
編	엮을(편)									
遍	두루(편)									
偏	치우칠(편)									
便	편할(편)									
便	대소변(변)									
平	평평할(평)									
評	평론할(평)									
閉	닫을(폐)									
肺	허파(폐)									
廢	폐할(폐)									
弊	해질(폐)									

蔽	가릴(폐)								
幣	폐백(폐)								
布	베(포)								
抱	안을(포)								
包	쌀(포)								
胞	태(포)								
飽	배부를(포)								
浦	물가(포)								
捕	잡을(포)								
爆	불터질(폭)								
幅	폭(폭)								
暴	사나울(폭)								
表	겉(표)								
票	표(표)								
標	표할(표)								
漂	뜰(표)								

品	성품(품)									
風	바람(풍)									
豐	풍년(풍)									
皮	가죽(피)									
彼	저(피)									
疲	지칠(피)									
被	입을(피)									
避	피할(피)									
必	반드시(필)									
匹	짝(필)									
筆	붓(필)									
畢	마칠(필)									
下	아래(하)									
夏	여름(하)									
賀	하례(하)									
何	어찌(하)									

河	물(하)							
荷	멜(하)							
學	배울(학)							
鶴	학(학)							
閑	한가할(한)							
寒	찰(한)							
恨	한할(한)							
限	막을(한)							
韓	한국(한)							
漢	나라이름(한)							
旱	가물(한)							
汗	땀(한)							
割	벨(할)							
咸	다(함)							
含	머금을(함)							
陷	빠질(함)							

合	합할(합)								
恒	항상(항)								
巷	거리(항)								
港	항구(항)								
項	목(항)								
抗	항거할(항)								
航	배(항)								
害	해할(해)								
海	바다(해)								
亥	돼지(해)								
解	풀(해)								
奚	어찌(해)								
該	해당할(해)								
核	씨(핵)								
幸	다행(행)								
行	다닐(행)								

行	줄(항)								
向	향할(향)								
香	향기(향)								
鄉	시골(향)								
響	울릴(향)								
享	누릴(향)								
虛	빌(허)								
許	허락(허)								
軒	집(헌)								
憲	법(헌)								
獻	드릴(헌)								
險	험할(험)								
驗	시험(험)								
革	가죽(혁)								
現	나타날(현)								
賢	어질(현)								

부록

玄 감을(현)								
絃 줄(현)								
縣 고을(현)								
懸 매달(현)								
顯 나타낼(현)								
血 피(혈)								
穴 구멍(혈)								
嫌 싫어할(혐)								
協 화협할(협)								
脅 갈비(협)								
兄 맏형(형)								
刑 형벌(형)								
形 모양(형)								
亨 형통할(형)								
螢 반딧불(형)								
衡 저울대(형)								

惠	은혜(혜)									
慧	지혜(혜)									
兮	어조사(혜)									
戶	지게문(호)									
乎	어조사(호)									
呼	부를(호)									
好	좋을(호)									
虎	범(호)									
號	부를(호)									
湖	호수(호)									
互	서로(호)									
胡	오랑캐(호)									
浩	넓을(호)									
毫	터럭(호)									
豪	호걸(호)									
護	지킬(호)									

或	혹시(혹)								
惑	미혹할(혹)								
昏	어두울(혼)								
婚	혼인(혼)								
混	섞일(혼)								
魂	넋(혼)								
忽	문득(홀)								
紅	붉을(홍)								
洪	넓을(홍)								
弘	클(홍)								
鴻	기러기(홍)								
火	불(화)								
化	될(화)								
花	꽃(화)								
貨	재물(화)								
禾	벼(화)								

和	화할(화)									
話	말씀(화)									
畵	그림(화)									
華	빛날(화)									
禍	재앙(화)									
確	굳을(확)									
穫	거둘(확)									
擴	넓힐(확)									
歡	기쁠(환)									
患	근심(환)									
丸	둥글(환)									
換	바꿀(환)									
環	고리(환)									
還	돌아올(환)									
活	살(활)									
黃	누를(황)									

皇	임금(황)									
況	하물며(황)									
荒	거칠(황)									
回	돌아올(회)									
會	모일(회)									
悔	뉘우칠(회)									
懷	품을(회)									
獲	얻을(획)									
劃	그을(획)									
橫	가로(횡)									
孝	효도(효)									
效	본받을(효)									
曉	새벽(효)									
後	뒤(후)									
厚	두터울(후)									
侯	임금(후)									

候	물을 (후)									
訓	가르칠 (훈)									
毁	헐 (훼)									
揮	휘두를 (휘)									
輝	빛날 (휘)									
休	쉴 (휴)									
携	지닐 (휴)									
凶	흉할 (흉)									
胸	가슴 (흉)									
黑	검을 (흑)									
吸	마실 (흡)									
興	일어날 (흥)									
希	바랄 (희)									
稀	드물 (희)									
喜	기쁠 (희)									
戲	희롱할 (희)									

부록